箱入りDr.の溺愛は永遠みたいです！

神城 葵

Aoi Kamishiro

JN089302

EB

エタニティ文庫

目次

箱入りＤｒ．の溺愛は永遠みたいです！

プロローグ

篠宮《しのみや》総合病院の院長で理事長の、篠宮晃《あきら》先生は名医である。

かつては御典医《ごてんい》だったという篠宮家はずーっとお医者様の家系だ。総合病院だし、あまり気軽には受診しにくいけれど、先生方の評判がいいので通院する患者は多い。

かくいう私、御園舞桜《みそのまお》もその一人だ。

小さい頃、頻繁《ひんぱん》に原因不明の熱を出して寝込んでいた私を治してくれたのが晃先生だ。ちょっと珍しい症例だったらしく、最初に担当してくれた先生が晃先生に相談し、それからは晃先生が診察してくれることになったのだった。

初めて顔を合わせた時、また痛い注射や点滴をするのかと怯《おび》える私に、ゆっくりと膝を折って目線を合わせながら、晃先生は優しく言った。

『舞桜ちゃん。舞桜ちゃんの病気を治すお薬はもうあるんだよ。それを飲んで、しばらく様子を見てもいいかな？』

その慈しみに満ちた眼差しと、凛《りん》とした表情に、幼いながらにきゅんとしてしまった。

一週間ほど薬を飲み続けると、あっさり熱は下がって、すぐに退院できた。

それ以降も、定期的な受診が必要だったものの、私は一年もしないうちにすっかり健康になった。

双子の妹の舞梨《まり》は、「よかった、舞桜ちゃんよかったね」と泣きじゃくっていた。

——そんなわけで。優しくて穏やかで、でも言いつけを守らないとちょっと怖い顔で叱《しか》る還暦過ぎの晃先生は、私の初恋の君である。


だから、この求人は運命だと思いたい。

あれから十二年。私は無事に大学を卒業しようとしている。

晃先生への気持ちを忘れず成長した私は、できれば医療関係に就職したいと思っていた。だけど、文系学部の私が医師や看護師、薬剤師などになるのは当然無理だ。

そう。悲しいことに、私は文系だ。微分積分高次方程式、聞いただけで頭が痛くなり、医師はもちろん、薬剤師になるのも早々に諦めるしかなかったレベルなのである。

ならばせめて、晃先生の病院付近で働きたいという不純な動機で、毎朝、大学の就職相談室に求人案内を見に行くのが日課になっていた。

そして今日、篠宮総合病院の医療クラーク兼医療事務の求人票を見つけた瞬間、私は就職相談室のお姉さんに飛びつく勢いで声をかけ、面接の予約を取ってもらったのだった。

まさか、うちの大学に篠宮総合病院からの求人が来るなんて！

私が驚くのには理由がある。

篠宮総合病院は地元でも有名な超ホワイト企業。つまり、辞める人が少ないので、採用が毎年あるわけではない。もしあったとしても、私には絶対になれない医師や薬剤師の求人ばかりだ。

だけど諦めきれなかった私は、医療事務とクラークの資格を取って、学生の時から長期休暇は近くの診療所でバイトをしていた。何故ならこの分野は、資格より経験が優先されるからだ。

そんなところに、資格を活かせる求人が来るなんて、奇跡だ！

「——それじゃ、御園さん。こちらの紹介状を」

就職相談室のお姉さんは、私の在学証明を兼ねた紹介状を渡しながら、念を押してきた。

「こちら、なかなか採用されなくて……何人か不採用になってますが、御園さんは資格もあるし、アルバイトとはいえ実務経験もあるから、期待してます。頑張ってね」

「はい。頑張ります」

これまで、地道に経験を積んできてよかった！

すっかり健康になった私は、ここ数年、篠宮総合病院には行っていない。

ほぼ十年振りに初恋の先生に会えるかもしれないという期待を抱きつつ、私は意気《いき》揚々《ようよう》と面接に赴《おもむ》いたのだった。

＊＊＊

面接は滞《とどこお》りなく終わった。

残念なことに面接の場に晃先生はいなかった……当然ではある。

普通に考えて、院長である晃先生が、医師ならともかく医療事務やクラークの面接にいるわけがないのだ。がっかりしたのは確かだけれど、もちろん、面接は全力で頑張った。

だけど、面接を終えた感触としては、微妙なところかもしれない。

というのも、私は診療所での事務経験はあるものの、入院事務を担当したことがなかった。篠宮総合病院ほど大きな病院の事務として働くには、経験が浅いかもしれない。

採用してほしいなあと思いつつ、職員用の出入り口から病院の裏手に向かった。

歩きながら足に痛みを感じる。慣れないパンプスを履いてきたから、靴擦れができたのかもしれない、と足下に視線を向けた。

……手帳？

そこに、黒い小さな手帳が落ちていた。革の色艶《いろつや》からして新品。そして高級品。

落とし物だと気づいて、場所を確認する。ここは、職員用出入り口のアプローチ階段を下りてすぐ。つまり、病院関係者の落とし物である可能性が高いということだ。

そう判断した私は、靴擦れした場所に手持ちの絆創膏《ばんそうこう》で応急処置をしてから、くるっとUターンして院内に戻るのだった。


「これは……」

職員用出入り口に面した警備室に落とし物を持って行ったら、何故か事務棟に案内された。

総務課と書かれた部屋のドアをノックし、私は警備室で話したのと同じ内容を話す。対応してくれた女性——草葉《くさば》というネームプレートをつけていた——に落とし物を見せると、困ったように眉を八の字にしている。落とし主を探すには中を確認するしかないけれど、モノが手帳だ。プライベートな内容満載だったら気まずい。

しかし、見ないことには確認のしようがないのである。ただ、一人で見るのは荷が重いので、二人で同時に見ようとお互いにアイコンタクトして頷き合う。

そうして開いた手帳の中身に——草葉さんと私は絶句した。

記されていた内容はともかく、何とも個性的な字だった。特徴的な癖字《くせじ》とでもいうべきか。

ところどころ英語やドイツ語っぽいものが交ざっているので、医師の持ち物かもしれない。

「えーと……二十日十八時、加藤《かとう》Ｄｒの講義に出席の返事。二十三日、四辻《よつじ》教授懇親会は未定」

適当に読み上げる私に、草葉さんが「え」と小さな声を上げて、こちらを見た。いや、私じゃなくて、手帳を見てください。

途中まで読んだ私は、草葉さんに話しかけた。

「この、加藤先生……と、四辻先生に関係のある方の落とし物ではないでしょうか……って痛いです、草葉さん！」

「よ、読めるんですか？　ミサワさん！」

「御園です」

「失礼しました。それより、コレが読めるんですね御園さん！」

私の両肩を掴《つか》んで揺さぶる草葉さんは、さっきまでの「可愛いふわふわキラキラ女子」の仮面をかなぐり捨てて聞いてきた。その様子は、はっきり言えば怖い。

「読め……ます、けど……」

「このどうしようもなく汚くて下手《へた》で癖《くせ》が強くて暗号にしか見えないようなモノが、読めるんですね⁉」

そこまでひどいだろうか……

開いたまま置かれている手帳に視線を向けてみたけど、普通に読める。

「日本語と数字なら読めま——」

「神様ありがとうございます！」

言い終わる前に、草葉さんが天に向かって叫んだ。

……ヤバい人なのだろうか。とても可愛いのに。

「ちょっとここでお待ちくださいね、ミサキさん！」

「御園です」

覚える気がないのか興奮しているせいなのか。草葉さんは、私を応接用らしいソファに座らせると、手帳を持ったままどこかへ走っていった。

そしてそのあと——私は何故か、再度面接を受けることになり、卒業後の雇用を確定されたのでありました。

1 私の仕事

私が篠宮総合病院に医療クラーク兼医療事務として採用されて三ヶ月目。

残念ながら、院長である晃先生とは、未だお会いできていない。だけど、同じ職場に晃先生がいると思うだけで嬉しい。

この病院では、常勤の医師には必ず専属のクラーク兼事務員を一人付けることになっている。

入職早々ではあるけれど、私も篠宮環《たまき》という先生に付くことになった。

環先生はお名前通り、篠宮総合病院の経営者一族の一人だ。

といっても、跡取りではなく末っ子の三男坊。篠宮家は、環先生をはじめ兄姉《きょうだい》五人全員が医師。医学部の学費を五人分ぽんと出せる篠宮家って、やっぱりお金持ちだなぁと感心してしまった。

環先生の担当は小児科。お兄さん達は心臓外科と循環器科、お姉さん達は内科と皮膚科の医師として、現在、五人全員が篠宮総合病院に勤務している。

そういう環境で、何故新卒の私が環先生の専属クラークに抜擢《ばってき》されたのか……

その理由はいたって簡単。

環先生の字が癖《くせ》字すぎて、私以外誰も読めなかったからだ。

あの日拾った手帳の個性的な字――環先生の走り書きをすらすらと読めてしまった私は、彼のクラークになるべく採用されたのである。

時代は電子カルテが主流となっており、医師の所見や処方薬剤などはすべてパソコンに直接打ち込んでいくスタイルである。

しかし環先生は、「人間が作ったものである以上、機械を盲信することはできない」と言って、未だにアナログの手書きカルテを併用している。私が専属になるまでは、看護師や薬剤師や検査技師が、カルテに書かれた内容を直接本人に確認しに来ていたらしい。

噂では、書いた本人ですら即座に読めないというくらいだから、現場の苦労は相当なものだったろう。そんなところに、環先生の癖字《くせじ》を読める私が来たものだから、即採用となったそうだ。

「環先生。よろしいですか?」

午前の診察が終わり、今はお昼休み。私は環先生が午前の診察後に回診した入院患者さんのカルテを入力し、病棟へ転送する前にチェックしてもらおうと声をかけた。

幼児や小学生向けの可愛いキャラクターで飾られた診察室は、病院というよりは幼稚園に近い雰囲気がある。壁紙やインテリアもピンクや水色、薄緑といった優しい色合いだから、余計にそう感じるのかもしれない。

私の着ている事務員の制服も看護師さん達の着ている制服もパステル系の色合いなので、白衣の環先生がちょっと浮いて見える。環先生は無表情な美形さんだから、尚更違和感があった。

「何？」

「転送前の確認をお願いできますか」

「ん」

パソコンの画面と紙カルテの間で睨《にら》めっこしながら入力していた私の隣で、優雅に仕出し弁当を食べていた環先生が、画面を覗《のぞ》き込んできた。

私は今、環先生の診察デスクにあるパソコンを借りて作業している。環先生が移動してきたことで、息が触れそうな至近距離に彼のとても綺麗な顔が近づいてきて、私の心臓は——大変落ち着いていた。普通に脈打っていますがドキドキなんかしません。

「うん。問題なし。転送していい」

そう言って、環先生は医師の確認電子印をポンと押印《おういん》してくれた。

落ち着いているのに、時折さらりと耳をくすぐるなめらかな声は、医師より声優の方が向いているんじゃないかと思うくらい色気がある。

「はい」

ありがとうございます、と軽く頭を下げて転送ボタンを押し、待つこと数分。処置チームその他からの「受信完了」の返信を確かめて、私はふうと息をついた。

そして、そっと隣の環先生を窺《うかが》い見る。

――まあ、確かに。

客観的に見て、環先生は綺麗な人だ。

顔面偏差値は、私が知る限り世界中で二番目に高い。

当然、一番は晃先生なんだけど、彼はその晃先生に似ているのだ。

同じ系統の美形を、柔和で温厚な紳士にしたら晃先生に、玲瓏《れいろう》とした涼やかさを強くしたら環先生になる……気がする。

背も高いし、本人が「医師は体力勝負」と言うだけあってジム通いで鍛《きた》えた体は引き締まっている。何より、声がいい。

声フェチなところのある私は、最初の頃、環先生に「御園」と呼ばれる度にドキドキして、引っ繰り返りそうになっていた。

晃先生に似た顔も好きだけど、聴覚に直接響いてくる声の威力は圧倒的だった。環先生の麗姿《れいし》は三日で慣れたけど、あの美声には未だ慣れない。

ちなみに私が「環先生」と呼ぶのは、ここには「篠宮先生」が多すぎるからだ。

晃先生と、その跡取りである長男夫婦――環先生のご両親に、叔父にあたる次男さん。そして、環先生とお兄さん達。つまり、現時点で「篠宮先生」は七人もいるのだ。

なので、職員だけでなく患者さん達も下の名前で呼んでいた。

でも、晃先生だけは「院長先生」「理事長先生」と呼ばれている……が、心の中で呼ぶ分には許していただきたい。

半ば隠居状態の晃先生は、現在は入院患者をメインに診《み》ている。高名な心臓外科医でもある晃先生は、お年のこともあり、今は手術もしていないそうだ。

……入院病棟にあまり立ち入ることのない私は、未だ晃先生にお目にかかれていない。でも、入職した時のパンフレットに載っていた笑顔の写真は、相変わらず素敵だった。

――などと思い返していたら、あっという間に十四時。

小児科看護師の大瀬《おおせ》さんが「お待たせしましたー」と、患者さん親子に優しい声をかけながら診察室の前のプレートを「診察中」に替えた。

＊＊＊

そうして、初夏を迎えた。

気温が上がり夏が近くなってくると、何故か小児科の患者数は増えて忙しくなってくる。小さな子は、体温調整が上手《うま》くできないからだろうか。

午後の診察が始まるまでの間、私と小児科の看護師である大瀬さんで、夏用に診察室の模様替えを始めた。

涼しげな水色や青の色紙を切って星を作ったりしていると、ふと思いついたように大瀬さんが笑った。

「それにしても、舞桜ちゃんが来てくれて助かったなあ」

「どうしたんですか、いきなり」

「だって、環センセへの確認作業しなくてよくなったんだもん。もー、今までは口頭で何度も薬剤名やら量を聞いて、そのあと、また電子カルテで指示確認してたの。その間も、患者さんは放置できないし、本気で分身したかったわ、あたし」

篠宮総合病院はとても大きな病院なので、小児科には他にも医師や看護師がいる。だけど、環先生の「専属」として常勤している看護師は大瀬さんだけだ。

環先生の指示内容をチェックすると同時に、診察後の患者さん、診察待ちの患者さんの対応をするのは、確かにハードすぎる。

「ずっとクラークがセンセの字を読めればいいのにって思いながら、あの字が読める奇特な人間なんていないって、諦めてたんだよね……」

大瀬さんは黄昏《たそが》れつつも、ハサミを持つ手を止めることなく、可愛い星を量産している。

私は私で、「環先生の字を読んでもらえて助かる」と、事あるごとに感謝されて嬉しいものの、彼の字はそんなにひどいだろうかと思う。

あの字が読めるというだけで、即採用を決定するくらい困っていたのはわかる。

でも、環先生自身が、結構それを気にしているっぽいから、あまり触れない方がいいのではないだろうか。とはいえ、そのおかげで採用してもらったので、恩を返す為にも頑張りたい。

「大変だったんですね」

「そうなの。環センセも、診察してたり回診してたりするから、あんまり時間取らせるのも悪いし、皆が神経を張り詰めてたのよ。今は舞桜ちゃんが書き直してくれるから、すごく助かってる」

　ほんと悪筆だからね、あの人……と呟いた大瀬さんは、いつの間にかとても可愛い子熊と子うさぎを作り上げていた。……これはお金を取れるレベルだと思う。私もハンドクラフトを学んだ方がいいかもしれない。

「こんな癖《くせ》字、よく読めるよね。舞桜ちゃん」

　小児科の看護師らしく優しげで可愛い雰囲気の大瀬さんは、結構毒舌というか、環先生には点がからい。

「大瀬さんは環先生に厳しいですね」

「環センセを甘やかして、あたしに何の利益があるのよ。あたしの優しさは娘と患者さんに注《そそ》ぐだけで限界よ」

　……ご主人には注《そそ》がないらしい。

「ま、あたしが甘やかさない分、舞桜ちゃんが甘やかしてあげればいいじゃない」

「七つも年上の男の人を甘やかす甲斐性は、私にはありません」

それに、環先生はご家族から存分に甘やかされているっぽいし。時々、お兄さんお姉さんが「誰か環を困らせてないか」と、明後日《あさって》の方向の心配をして様子を見に来るくらいだ。環先生はかなり嫌がっているけど。

内心では「どうせなら、晃先生が来てくれればいいな」と、思っているのは内緒だ。

「じゃあ舞桜ちゃんが環センセに甘えたら？　末っ子だから弟か妹が欲しかったって、前に言ってたし、甘やかしてくれるわよきっと」

「何の意味があるんですか、その行為に。何より、公私混同はよくないです」

「意味ならあるわよ。環センセが機嫌良く仕事してくれれば、あたしは助かる。すごく助かる」

それはわかる。医師と患者さん――保護者との関係が険悪になってしまうと、看護師はとても大変なのだ。

「融通《ゆうずう》が利かないって言うか真面目すぎるからさあ。体調の悪い子をすぐに連れてこない親がいると不機嫌になるでしょ、環センセ。患者を心配するのはいいんだけど、家庭によっては、すぐに病院にかかれない事情もあるってわからないの。深窓《しんそう》のご令嬢並みの箱入り娘だから」

「誰が箱入り娘だ」

タイミング悪く戻って来た環先生は、少し不機嫌そうに大瀬さんに突っ込んだ。

「自覚ないんですかー？　センセは、箱入り娘並みの世間知らずですよ」

むぅ、と拗《す》ねた顔になる環先生が、ちょっと可愛かった。

「俺が世間知らずなのは認めるが、箱入り娘はないだろう」

「たとえ。比喩《ひゆ》ですよセンセ。そのくらいわかりましょーよ。無駄に学歴いいんだから」

「確かに無駄な学歴だった……」

不意に、環先生はずーんと落ち込んだ。

「学歴がどうだろうと、医師としての能力には関係ないしな……やっぱり臨床《りんしょう》系じゃなくて研究に進んだ方がよかったか……」

「……箱入り娘並みの世間知らずって言われただけで、そこまで飛躍します……？」

「そうやって極論に走るとこが、世間知らずなお子様なんですよ、センセ」

あ、箱入り娘からお子様に格下げされた。

それに気づいたのか気づいていないのか、環先生は悩ましげに溜息をついて呟く。

「まあ、家族の過干渉を受け入れている時点で、多少は箱入りの自覚はある」

「多少……」

多少ってレベルか？　と思うくらい、環先生は干渉されまくっている。それを「多少」で済ませてしまうあたり、無関心なのか寛容なのかわからない。

けど、本人が「多少」と言うんだから、気にしないでおいた。私から見ても、環先生はかなりの箱入り令息だけど、大瀬さんと二人して追い詰めてはいけない。

「箱入りでも世間知らずでも、患者さんに寄り添えるお医者様ならいいんじゃないですか？」

「そう在れればいいんだけどな」

私の言葉に、環先生が少し笑って頷く。

「舞桜ちゃん、その調子で環センセを甘やかしてちょうだい。さー、午後の診察始めますよー」

そう言って、大瀬さんが診察室のプレートを替えに行った。

＊＊＊

「環」

……あ、今日も来た。

午後の診察時間が終わりに近づいた頃。小児科に現れたその人達に、私だけでなく、環先生も大瀬さんも同じ思いで視線を向ける。

私はできるだけ丁寧に。大瀬さんは適度に丁寧に。環先生は――見ていなかった。

「今日は腸重積《ちょうじゅうせき》の患者を診《み》たそうだな。あれは発症から二十四時間を超えると大変なんだ、よく気づいたね」

「……症状と検査結果を照らし合わせて気づかなかったら、医師なんてやってられないだろ」

「何言ってるの、問診しただけで超音波検査を指示できたのはすごいわよ。威張っていいのよ、環」

ひたすら環先生を褒《ほ》めて「こっちを向いて構ってくれ」攻撃しているのは、環先生のお兄さんの始《はじめ》先生、お姉さんの円《まどか》先生である。……そんなに可愛いのか、末弟が。

「兄さん。姉さん。正直、俺は馬鹿にされてる気がしてならないんだが」

……うん、まあ……腸重積《ちょうじゅうせき》はそれなりに珍しい症例だけど、あまり「すごいすごい」と褒《ほ》められると「馬鹿にされてる」気持ちになるのは何となくわかる。

今の環先生の状況をたとえるなら——中学生向けの問題集を解いて、過剰に褒《ほ》められている高校生みたいな心境だろう。

「そういうわけで、やっぱりこの週末は家に帰るのはやめる」

「環っ！」

「待って、そんなの基《もとき》兄さん達に何を言われるか……」

「もう三十近い弟に執着するな、ブラコンか」

おっと、普段は「二十九だ、三十路《みそじ》って言うな」と大瀬さんに抗議している環先生が、自《みずか》らアラサーカードを切っている。これ、かなり嫌がってるなあ。

……まあ、ほぼ毎日来られたら、嫌にもなるか。

大瀬さんに至っては、始先生と円先生を無視して「検査室行ってきまーす」と、血液検査その他の結果をもらいに行ってしまった。本来、結果一覧をもらいに行くのは私の仕事なんだけど、大瀬さんはここから逃げる口実にしたようだ。出し抜かれてしまった。

「それに、俺は忙しい」

「忙しいって。休日医や夜勤は別にいるんだし、土日はちゃんと休めるはずだぞ」

「先月戻されたレセプトを再チェックして、戻された理由を調べたい」

やはり環先生は真面目だ。レセプトチェックは基本専門チームがやっているけど、たまに医師に戻される場合もある。先月戻された分は、きちんと直して再提出したものの、何故戻されたか調べておきたいらしい。

「薬剤名と病名が一致しないと、拒否されることがあるんですよ。薬剤表に適応病名例が載ってますから、よければお持ちしますけど」

思わず口を挟んでしまったのは、環先生のこういう真面目なところに私は好感というか敬意を持っているからだ。

「薬剤表って、君、持ってるのか？」

「はい。最新版だけですけど」

――勉強に必要なので買ったのだ。高かった……！

「俺のは少し古いから、貸してもらえるなら助かる。ありがとう、御園」

にっこり笑った環先生は、本当に綺麗だ。大人の男の人なのに、こういう無邪気で素直な笑顔を見ると、何となく庇護欲《ひごよく》をそそられてしまう。

「クラークには優しいのね、環……」

「いいことだよ、円。部下に厳しく当たるのはよくない。よくないが……」

羨《うらや》ましいずるい妬《ねた》ましいという視線で私を見ないでください。

本当に弟が可愛くて仕方ないらしい始先生と円先生を、環先生は「いい加減、診察室に帰って仕事しろ」と追い返した。

これ以上環先生の機嫌を損ねたくないらしいお二人がとぼとぼ帰っていくと、環先生は深々と溜息をついている。

診察室の隣の小休憩スペースには冷蔵庫があるので、私はそこから缶コーヒーを持ってきた。

「どうぞ」

「ん。ありがとう」

こんな些細《ささい》なことにもきちんとお礼を言うのだから、環先生は厳しく躾《しつ》けられているのだろう。

「……あと、さっきは助かった。話を逸《そ》らしてくれて」

「逸《そ》らすほどの意図はなかったんですけど……環先生がちょっとご機嫌斜めになってたので」

私がからかうように答えたら、環先生も苦笑した。

「斜めというよりは直角になってたかな。……悪気がないのも、純粋に褒《ほ》めてくれてるのもわかってるんだが……さすがに構われすぎるとな。ありがたいと思うより、鬱陶《うっとう》しい」

「弟さん思いなんですよ」

「自分の子供達に構えばいいのに、何故か俺に構うんだ……」

年が離れてるせいかなと思案しながら、環先生は缶コーヒーを飲み干して眉をひそめた。

「ちょっと苦いな、これ」

「いつものコーヒーですけど。それが苦いってことは、環先生、疲れてるんじゃないですか？」

「……兄達に疲れさせられた自覚はある」

「たった五分程度で、何言ってるんですか」

「精神的な疲労は、肉体の疲労を深めることもあるんだ。——ああ、忘れるところだった。本当に借りていいのか、薬剤表」
「あ、はい。明日にでもお持ちします」
「いや、あれ結構重いだろ。着払いで送ってくれ」
確かに、薬剤表は重い。私が持ってくるのも大変だし、環先生が持ち帰るにも荷物になる大きさではある。
「ここに送ってくれると助かる」
　そう言って環先生に渡されたメモに記された住所は、職員寮の一室だった。篠宮家は
高級マンションやビルも所有しているセレブさんなのに、職員寮住まいというところが
環先生らしいというか。
「ご実家じゃないんですか」
「……あの二人だけじゃなくて、更に二人いるんだぞ、俺の兄姉《きょうだい》は。しかも全員が敷地
内に住んでいる。誰がそんな気疲れするところで生活したいと思うんだ……」
　下のお兄さんである基先生、お姉さんの遥《はるか》先生。こちらの二人も、上の二人に負けず
劣らず環先生に過干渉である。
「……お察しします」
「適当に相手をするのがよくないのかもな。いっそ、俺に恋人でもできれば、おとなし
くなるかと思ったことがあるが……」

冗談めかした言葉に、何故かどくんと心臓が強く脈打った。

「なあ御園、俺の精神安定の為に、付き合ってるフリとかする気ないか？」

「怒りますよ。そういうのは、セクハラです」

「考えてみろ。大瀬に言ったら――」

私が怒ってみせると、環先生はごく真面目な口調で続けた。

「間違いなく返事は『じゃー、月いくらの契約にします？　あたし既婚者なんで、そのリスク含めた金額設定にしてください』だ。頼むとしたら、君しかいない」

「それは本当に否定できませんが、駄目です。頑張って、婚活でも何でもして、恋人を作ってください。大丈夫です、医師は引く手あまただし、環先生の外見は完璧ですから」

私は一気にそう言って、コーヒーを飲み干した。

「診察時間終わったので、キッズスペースを片づけてきます」

思わず逃げてしまったのは、環先生らしくない冗談を言われたからだ。びっくりして、それでちょっとドキドキしただけ。

だって普段はあんな冗談を言う人じゃないもの。きっと環先生も、お兄さん達の相手で疲れていただけだ、うん。たぶん。

――それなりに、気の置けない相手だと思ってくれているのがわかって嬉しい。と同時に、逃げてしまった理由を考えてはいけない気がして、私はキッズスペースに散らばった絵本やぬいぐるみを黙々と片づけた。

――ここのところ、環先生の雰囲気が変わった。機嫌が悪いとかではなく、何だか今までと違う。

仕事については、大瀬さん曰《いわ》く「普段通り」。そもそも環先生は新人の部類だから、難しい患者さんはあまり回ってこないそうなので、問題はないらしい。

だけど、普段の行動その他がおかしいのだ。

例えば診察の合間。今までの環先生は、難しそうな医学書を読んだり、新薬の効果や副作用について調べたりしていた。

まだ新米だからと勉強に勤《いそ》しむ姿を、私は密かに尊敬していたし、自分も負けずに、もっとスキルアップしようと診療情報管理士の勉強をしたりしていた。

「……大瀬さん」

私は大瀬さんと一緒に職員食堂でランチタイム中だ。

格安というより激安で提供される昼食は、三日前までに予約必須だけど安くてとてもおいしい。

金曜日は特に破格の二百円である。ちなみに割り箸《ばし》はないので、お箸《はし》は持参するか借りなくてはならない。

「……何、舞桜ちゃん」

「やっぱり、環先生、何かおかしいですよね」

「うん」

即答して、大瀬さんはお味噌汁に口をつけた。

「明らかにおかしい。いや診察とか処置とかは問題ないんだけど、何というか全体的に雰囲気がおかしい」

「ですよね」

どこがどうとは言えない。が、環先生の様子が普段と違う。怠惰《たいだ》というほどではないが、それに近い気怠《けだる》い雰囲気なのだ。

「何があったんでしょうか」

「さあ。あたし、環センセのプライベートに興味ないし」

でも、と大瀬さんは続けた。

「あんな状態が続くようだと、あたしの出産計画が狂うから困るのよね」

「え。大瀬さん、おめでたですか？」

「違う違う、まだですよ。そろそろ二人目欲しいなーとは思ってるけど」

大瀬さんの予定では、半年ちょっと先――私が一年目を無事に終えた頃に妊娠して、数ヶ月後に産休育休に入りたいのだそうだ。

そんな予定通りに妊娠できるのかはさておいて、計画として、「二人目を作るのは舞桜ちゃんが一人前になってから」と、決めていたそうで。

「一年で一人前になっている自信は、ありません」

正直に吐露《とろ》したら、大瀬さんは朗らかに笑った。

「大丈夫。舞桜ちゃん、今までミスしたことないし」

今までミスしてないから、今後もしないとは言えないのだけど。

それよりも、と話を戻される。

「環センセだけど。……あんな色気駄々漏れで仕事されると、免疫のない看護師がヤられるから勘弁してほしいのよ」

「……はい？」

十穀米のご飯を零《こぼ》しそうになった私に、大瀬さんがほっとした様子で笑った。

「舞桜ちゃんは気づいてなかったか。よかった。……いや、環センセ、顔はいいでしょ。おまけに、ここの経営者一族。しかも末っ子だから、同居問題の苦労もない」

篠宮家は代々医師ばかりだし、環先生にはお兄さんが二人いる。

「それに、独立するにしても、ここに留まるにしてもお金の心配はないし。恋人としてはどうだか知らないけど、結婚するにはもってこいの相手なわけよ」

「はあ」

環先生が、恋人として魅力的かどうかはわからないが、一般的に「医師」は結婚相手として人気が高いというのはわかる。

「本人は仕事一筋で無頓着《むとんちゃく》だから、普段はアプローチかけられても無自覚に躱《かわ》してるんだけど。ここで働いていて、院長の孫息子に火遊び仕掛ける馬鹿もいないしさ」

だけど、と大瀬さんはマイ箸《はし》に力を込めた。

「あんな風に無駄に色気を振りまかれるとね……。その気のなかった子達も、誘蛾灯《ゆうがとう》に引き寄せられる羽虫みたいにふらふらっといっちゃうのよ」

そして痴情のもつれに発展し、結局退職する。

これは経験則なのだと、大瀬さんは溜息をついた。

「……そんなに色気振りまいてます？」

確かに気怠《けだる》げでアンニュイな――モノクロなフランス映画っぽい雰囲気を漂《ただよ》わせてはいるが、あれは色気なのだろうか。

「舞桜ちゃんて……やっぱり変わってるわよね」

「そうですか？」

「あれに色気感じないなら、どんな男に色気を感じるのよ」

大瀬さんのセクハラギリギリな質問に、私はちょっと考え込んだ。

「……そもそも、男の人の色気というものがわかりません」

「まさか、交際経験ゼロとか言う？」

「お付き合いした人はいますけど……」

お互いにごく普通の学生だったから、「色気」と言われてもピンとこない。

「イケメン俳優見て『セクシーだわ！』とかないの？」

「格好いいなーとかは思いますけど。セクシー……？」

そこで大瀬さんは今人気の俳優さんや男性アイドルの名前を羅列《られつ》していく。だけど、やっぱりわからない私は、曖昧《あいまい》に笑って誤魔化そうと試みた。

「舞桜ちゃん。大瀬さんとコイバナしようか。舞桜ちゃんの恋愛観を知りたい」

――誤魔化されてくれなかった大瀬さんは、イイ笑顔で続けた。

「今日、空《あ》いてるよね？」

「……はい。大瀬さんとサシ呑みしたいなって思ってます」

「空気を読める子は大好きよ」

でも読みすぎると自分を追い込むから程々にね、と言いながら、大瀬さんは今晩のお店を予約してくれた。

その日、大瀬さんが連れて行ってくれたのは、昼間はカフェ、夜はダイニングバーというお店だった。中に入ると、混雑はしていないが閑散ともしていない、ちょうどいい具合にお客さんがいる。

内装は中華料理店のような派手な色彩だけど、居心地は悪くない。

いくつか料理をオーダーして一息ついたところで、大瀬さんがにこにこしながら尋問を開始した。

「舞桜ちゃん、ほんっとに環センセに興味ない？」

「興味と言われると」

ないわけではない。だって晃先生のお孫さんだから。ぜひともご自宅にいる時のプライベートな晃先生について、聞かせてほしい。

「え、恋愛的に興味があるの？」

「それはありませんが……声は好きですね」

私の答えに、大瀬さんは深々と頷いた。

「ああ、声もいいわよね、あの人。そうか、色気には気づかないけど、声にはヤられちゃってんのね……」

「待ってください、私が……何かその、そんな感じに聞こえる言い方は」

「あ、ごめん。お前はあけすけすぎるって、よく夫にも注意されるんだけど、ついうっかり」

「変な噂が立ったら、どうするんですか」

「ごめん、ごめん。お詫びに、ここはおねーさんが奢《おご》ろう」

「駄目ですよ。家計を預かっている人が、簡単に奢《おご》ったりしたら。ここは割り勘で、端数を大瀬さん持ちということでお願いします」

「気配りの塊《かたまり》のような子ですね、舞桜ちゃんは！」

抱き締めたい！　と言う大瀬さんは、少しばかり軽いけど、憎めないいい人だ。

「前から聞きたかったんだけど、舞桜ちゃんって四大卒よね。それで医療事務の経験あるって、珍しくない？」

「そうですか？」

「うん。医療系の専門学校卒ならわかるけど、舞桜ちゃんは医療系学部でもないしさ」

「バイト程度の経験ですが」

「普通の女子大生は、医療事務より受付事務とかじゃないの？」

「資格を取ったので、経験を積んでおきたくて」

「……医療事務にこだわった理由が知りたいなあ」

「……大瀬さん」

途切れない質問に違和感を覚え、私は海鮮のアヒージョを食べていた手を止めて笑みを作る。いつもの大瀬さんなら立ち入ってこないプライベートな部分への質問は、絶対におかしい。

「誰かに何か頼まれました？」

「何のことだか」

「具体的には、環先生の駄々漏れの色気にヤられちゃった看護師仲間あたりでしょうか」

さっきは「待って」と言った表現をあえて使った私に、大瀬さんは早々に白旗を揚げた。

「誘蛾灯《ゆうがとう》に引っかかった羽虫に、来月の有休希望日と引き換えに買収されました！」

「あー……その日って、娘さんの参観日でしたね」

少し前、シフト希望が通らなかったと嘆く大瀬さんを、託児所帰りの娘さんががっかりしながらも慰《なぐさ》めていたのを見た。事情がわかるので、私もあまり責める気にはなれない。

「じゃあ、その羽虫さんにちゃんと言っておいてください。私は環先生に、恋愛的な興味はありません」

「それは、二人と一緒に働いてるあたしにはわかるんだけど。脳内が恋愛一色の連中には伝わらないといいますか」

結構毒を吐くあたり、大瀬さんも不本意だったんだなとよくわかる。

「私の志望動機を知って、相手が納得してくれるとは限りませんよ。……私、小さい頃、ここで病気を治してもらったんです。それが切っ掛けで、医療の仕事をしたいなって思い始めたんですよね。でも私は理系が全然駄目だったから、消去法で医療事務に行き着いたんです」

私の答えに、大瀬さんは「ごめんね」と謝った。

「どうして大瀬さんが謝るんですか」

「だって、事情聴取みたいになっちゃって。プライベートなことなのに……」

「別に隠してたわけでもないですから。それに、環先生に恋愛感情はないですけど、ここで働きたかった理由はありますよ」

「聞いてもいいなら聞きたいぞ」

気まずくなりかけた雰囲気を何とかしようと、私が振った話題に大瀬さんがノッてくれる。

「憧れの先生がいるんです。少しでもその人の近くで働きたい、役に立ちたいって思ったのが始まりですけど、私は理系全般が本当に駄目なので」

「看護師なら、そこまで理系にこだわらなくても何とかなるわよ？　今から目指す？　看護学校の費用を出してくれる制度もあるわよ、うち」

「私、点滴とか注射するのが怖いんですよ……。あと、解剖見学もあると聞いて諦めました……」

私は、ホラーとスプラッターには耐えられない小心者である。

「自分が血を流すのはいいんですけど、他人様《ひと》に血を流させるなんて怖くて」

「そこは個人差だから仕方ないわね」

ホワイトアスパラガスのシュゼットを堪能しながら、私は話を続けた。

「それで、医療事務なら私でも何とかできそうだと思って、クラークと事務の資格を取ったんです。で、実務経験の為にバイトしてました。——すみません、こんな動機で」

「どうして謝るの？　病院勤務だからって、皆が皆、医療最優先じゃないわよ。売店のおばちゃん……お姉さんは売ることが仕事だし、経理や財務の人は経営が仕事だし。みんなそれぞれ、必要な仕事でしょ」

ショットグラスを空《から》にして、大瀬さんは意外なくらい真面目な顔で私に言った。

「動機が何であれ、舞桜ちゃんは今、ちゃんと仕事してるじゃない。どの先生の役に立ちたかったのかは知らないけど、少なくともあたしも環センセも、舞桜ちゃんがいてくれて助かってる」

「でも」

「あたしが看護師を選択した理由なんか、一人で生きていく為の手段よ？　それに比べたら、『憧れの先生の傍で働きたい、役に立ちたい』なんて、純情すぎて可愛いわ」

確かに、看護師は仕事に困らないと聞いたことはある、が。

「……最後、軽く馬鹿にしてません……？」

「二十歳《はたち》そこそこの女の子の『憧れ』なんて、経産婦には初々《ういうい》しすぎてねえ。眩《まぶ》しいわー」

「わかりました。私、今後は環先生に必要以上にべたべたしますから、大瀬さんは誘蛾《ゆうが》灯《とう》の羽虫さんに恨《うら》まれてください」

　わざと拗《す》ねてみせた私の言葉に、大瀬さんが「ごめんなさい、ごめんなさい」と大袈《おおげ》裟《さ》に謝ってきて――二人で笑い合って。それからも食べて飲んで、お店を出た。

「舞桜ちゃん」

「はい？」

　別れ際、タクシーを待ちながら、大瀬さんがわりと真面目なトーンで私を呼んだ。

「さっきの話……環センセに話してもいい？」

「いいですけど」

「ありがと。うん、あたしの気のせい……という可能性は限りなく低いんだけど、まあそういうことで。今後も、あの色気にヤられないでね！」

　……よくわからないことを言って、大瀬さんは来たタクシーに私を乗せると、手を振って見送ってくれた。

　家が反対方向でなければ、同乗して続きを聞けたんだけどな。

2　再会

俺の専属クラークとして配属されたのは、大学を出たばかりの二十二歳の女性だった。

名前は御園舞桜。

すっきりと整った容貌に、周囲に不快感を与えない程度の薄化粧。

仕事を始めて三ヶ月の新人だから、まだ俺や大瀬のフォローは必要だが、仕事自体はきちんとこなしている。

こちらが指示したことに対してミスをしたことはないし、患者や保護者にも丁寧に応対している。医療クラークと事務の実務経験があるとかで、薬剤名の覚えもいい。

……何より。

俺の字を解読できる希有《けう》な人材だ。

時間が経過したら俺自身ですら悩むことがある字を、きちんと読めている。感心すると同時に少し怖かったのは伏せておく。どうして一切の躊躇《ためら》いも間違いもなく読めるんだ。

これまで付いたクラークは、俺の字が読めずにミスすることが多かった。だが、御園舞桜にはそれがない。

事務長を務めている義理の叔父——叔母の夫には、「間違っても辞められないように気をつけて接してくれ」と懇願された。

今までは、伝達ミスを防ぐ為にいちいち処置内容を確認してもらう必要があり、その都度手を止められる他部署に余計な負荷をかけてしまい、内心落ち込んでいた。

もちろん、現状を打開すべく、悪筆改善にも最大限の努力をした——が、硬筆や書道は昇段試験に合格できるレベルで書けるのに、何故か日常生活にそれが反映されなかった。というか、カルテを硬筆並みの楷書で書くのは無理がありすぎる。

だが、人の命を預かる仕事なのに、その指示を機械に頼りきりにするというのは、どうにも不安で——これはじいさまも同じ考えらしく、俺の「手書きカルテで指示した内容を電子カルテに入力する」という二度手間なやり方を黙認してくれている。

とはいえ、各所には迷惑なことだろう。

だから、御園の存在は、本当にありがたかった。

彼女は俺の字を難なく読んでくれるから、俺は手書きカルテと治療に集中できるし、大瀬達もいちいち俺に指示の確認をする手間がなくなった。

毎日淡々と仕事をこなしてくれる彼女を、俺はもちろん、大瀬も高く評価していた。

大瀬などは「環センセの、ほんっと無駄に無意味に整った顔に見惚れて仕事にならなかった今までの子とは違いますね！　舞桜ちゃんが環センセに微塵《みじん》も興味なくて助かります！」と、喜びながら、遠回しに俺を責めていた。

それも当然で、俺の字が読めないのは仕方なくても、仕事をしないクラークなんかいらないですー、と言う大瀬の意を受け、何度専属に付いたクラークに異動してもらったかわからない。

まあ、そういう手合いは大抵すぐに辞めていったが。

事務長が「頼むから御園さんには辞められないように」と言ったのは、俺の専属クラークを手配するのが、徐々に高難度ミッションと化しているせいだ。そこは申し訳なく思っている。

今日も手際よく入力する御園を見ながら、午後のスケジュールを確認した。青藍《せいらん》薬業のＭＲ――医療情報担当者が、新薬の説明と営業に来る予定だった。

「御園」

「はい」

即座に返事があるが、彼女は俺の方を見ることなく、手書きカルテを確認しながら軽やかにキーボードを叩いている。彼女は、患者や大瀬相手とは違って、俺には愛想がない。

「今日の午後は休診だが、ＭＲが来る。新薬のことだから、君も付き合えるなら同席してほしい」

本当は看護師である大瀬が同席するだけでもいいが、これも勉強だ。クラークにも、多少は新薬の知識を持ってもらいたい。医師だって人間なので処方ミスをするかもしれない。それを防ぐ為にも、必要なことだろう。

そういったことを説明する前に、御園はわかりましたと頷いた。休診、つまり午後は彼女のフリータイムなのだが、嫌がる様子はない。

「青藍薬業さんは、何時にいらっしゃるんですか？」

「二時半かな。話に時間がかかりそうだから、回診が終わってからになる」

「わかりました。……あの」

御園は、少し考え込むように目を伏せた。

影を落とすほど長い睫毛《まつげ》。特に手入れした様子はないのに、自然と艶《つや》めいた雰囲気を醸《かも》し出している。色気というよりは物憂《ものう》げな表情に、一瞬、目を奪われた。

瞬間的に意識を切り替える。職場で何を考えているんだ俺は。

「環先生の回診にも、ご一緒させていただきたいのですが」

無理矢理落ち着かせた思考で、御園の言葉を振り返る。

「入院を担当したいのか？」

「病棟希望ではありませんが、私は環先生の専属ですから」

確かに、他の医師の専属クラークは、外来と病棟にそれぞれ一人ずついる。

だが、医師として半人前の俺は、担当する入院患者も少ないので、病棟は他の小児科医の専属クラーク達が手分けして担当してくれていた。

何故突然、御園が回診に同行したいと言い出したのかと思っていると――

「……先日、病棟の河原《かわはら》さんが『環先生の指示が読めない』と、確認にいらっしゃったので……」

――反論できなかった。

御園が「自分の分を買うついでですから」と買ってきてくれたコンビニのパンとコーヒーで昼食を済ませ、少し早めに回診に出ることにした。

「私、入院棟に入るのは久しぶりです」

どこか弾《はず》んだ様子の御園は珍しい。

入院棟だから場違いにはしゃいではいないが、目がキラキラしている。

こんな風に、嬉しそうというか、感情を表に出しているのを初めて見た。無表情な美人系だと思っていたが、零《こぼ》れそうな笑みを浮かべている。

うちの家系は顔立ちが整っているらしいので、兄も姉も俺も、昔から異性絡みの問題をそれなりに経験している。

特に、既婚の兄達と違って独身の俺は、これまで専属に付いたクラークに言い寄られることも少なくなかった為、職務上以外の接触は避けてきた。だが、御園はそんな素振りもなく、とにかく仕事に真面目だ。

その様子が、不思議と見ていて飽きない。飽きないと思う程度には、俺は御園を眺めていた。

何というか……無意識に、目が彼女を追ってしまう。

そんなことは御園が初めてだったから、自分の行動が理解できずに、戸惑った。

底のない思索《しさく》に沈み込みそうになるが、ふと、御園の言葉に引っかかりを覚える。

「——入院棟が久しぶり？　来たことがあるのか？」

「はい。十歳の時に、ここに入院してたんです。でも、改築される前のことだから、実質的には初めて……あ、あの絵は見覚えがあります」

御園の視線の先には、祖母が趣味で描いた花や樹木の絵が飾られている。

祖母は元々画家になりたかったらしいが、親に許されなかったそうだ。結婚後、祖父に「好きなことをしなさい」と勧められて、日本画を本格的に習った結果、個展を開いたり画廊がご機嫌伺《うかが》いに来るレベルの著名な画家になった。

「病院にある絵って大抵花ですけど、あれは花だけじゃなくて背景まで色使いが優しくて、子供の時から好きなんです」

まあ、子供達が落ち着く絵がいいと祖父に頼まれた祖母が、そういう絵を描いたんだから、御園の感想は祖父母の願い通りだ。よかった。

「ナースステーションや病室の配置が、結構変わってますね」

「キッズルームやら何やら、増やしたからな。基本個室にしたし」

篠宮総合病院の方針として、本来付き添いは不要である。だが、子供達の精神安定上、親が一緒の方がいい場合もあるので、いつでも泊まり込みができるようにと考慮した結果、個室を増やしたらしい。

他愛ないことを話しながらナースステーションに到着し、俺は今日回診する患者について変更がないか確かめた。

「特に何もなし？」

俺の声に、小児科入院棟の看護師が「はい」と答える。俺は電子カルテのタブレットを受け取り、御園に渡した。

そのまま「篠宮」と書かれた棚から担当患者の紙カルテを取り出し、御園に声をかける。

「とりあえず、俺の指示を簡単に入力するだけでいい。あとでカルテを見て再入力してもらう」

「はい」

「使い方は、外来のものと同じらしい。多少は仕様が違うかもしれないが」

正直、俺にはクラークや医療事務、看護師や助手の仕事の細かい違いはわからない。

「わかりました。手書きカルテの方にしっかり書いておいてくだされば、大丈夫です」

頷いた御園の言葉に、ナースステーションが一瞬ざわめいた。俺の悪筆は、小児科全体どころか院内すべてに広まっている。

だが、本人の前で「ほんとにあの字を読めるんだ……」と、口にするのは如何《いかが》なものかと思う。

「環先生の字は少し癖《くせ》がありますけど、読みやすいですよ？」

「ないわ。舞桜ちゃん、それはないわ」

いつの間にか俺達の後ろにいた大瀬が、首を横に振って否定した。

「百歩譲って『読める』は認めるけど――」

そこで一呼吸置いて、大瀬は静かにはっきりと断言した。

「読みやすい、は絶対にない。だって、古文書やド下手《へた》なドイツ語の筆記体を読める子ですら、匙《さじ》を投げたんだから」

俺の古傷を思い切り抉《えぐ》ってくる大瀬に、御園は困ったような顔をして俺を見上げた。

「達筆っていうんでしょうか。私は好きな字ですけど」

その言葉に、嘘も媚《こ》びもまったく感じなかったから――自然と、俺の御園への好感度が上がった。

我ながら単純だと思うが、コンプレックスを好意的に受け取られたのは初めてなのだから、仕方ないだろう。

＊＊＊

「御園。今日はどうする」

どうする、というのは、週に一度、入院棟への回診に同行するか否《いな》かだ。

御園が断ったことはないが、時間外勤務でもあるから、毎回確認している。……こういうところが、融通《ゆうずう》が利かないと言われる所以《ゆえん》だろうか。

「行きます」

病棟クラーク達ともそこそこ親しくなったらしく、時々、直接御園宛に内線が入る。そのあと、御園が入院棟に行くということは……まあ、「読めない字がある」と呼びつけられているんだろうと推測できた。御園には、そのうち何らかのねぎらいが必要な気がする。

「君、病棟クラークになる気はないのに、よく毎回ついてくるな」

「ご迷惑ですか？」

「助かってる。指示を何度も確認し合うのはお互い時間の無駄だし、俺も迷惑をかけている自覚があるからな」

俺の自嘲《じちょう》気味の言葉に、御園は困ったように笑った。

「私が異動したらどうするつもりですか」

「異動？」

「例えば、です。まあ、私は環先生の字が読めるというだけで採用していただいたので、異動の可能性は限りなく低いんですけど」

――御園が異動、もしくは退職する可能性は、考えたことがなかった。

異動はないにしても、結婚したら退職することはあり得る。うちは福利厚生は充実しているから、結婚出産しても退職する職員はほとんどいないが、夫が専業主婦希望なので辞めた看護師もいた。

そうなれば、また後任について考えなければならない。だが、何となくそれが嫌で、今は考えないことにした。

その時、ナースステーションがざわついていることに気づく。

明らかに西洋人といった風貌の男が、必死に何か話していた。

「――どうかしたのか？」

俺が声をかけると、看護師達がほっとした顔になる。

「たぶん……どこか悪くて診察してほしいようです。今は外来が休診時間だから、ここに来てしまったみたいなんですが」

「ならそう言えば……」

「言葉が通じなくて。私達も、英語なら何とかなるんですけど」

困りきった看護師達は、明らかに俺に「通訳してくれ」という視線を向けている。男性の方も、脂汗《あぶらあせ》を浮かべて俺を凝視した。

「英語が通じなくて、この金髪碧眼《へきがん》となると――フランス語は？　誰か試したか？」

「今のところ、英語とフランス語は通じませんでした」

正直、西洋人にアジア系の区別がつきにくいように、こちらも西洋人の区別はつきにくいわけで。

俺は、知る限りの言語で、片っ端から話しかけてみた。

するとオランダ語に反応があった。

『オランダ語はわかりますか？』

『わかる！　僕はアムステルダムから御朱印状《ごしゅいんじょう》を巡《めぐ》る旅に来たんです』

……渋い趣味だな。

『それで、どうされました？　治療ということなら、今は診察時間外ですが……』

『治療というほどじゃないんです。僕、ずっと歩いてるので湿布が欲しくて』

『湿布？　薬局で買えますすよ？』

俺がそう言うと、彼は首を横に振った。種類が多すぎて、どれが適しているのかわからないし、薬局の店員には言葉が通じない。カタコトの英語で、「篠宮病院なら言葉の通じる人がいるかもしれない」と言われたそうだ。

医者を通訳扱いするなと言いたいが、見知らぬ国に一人で来て、体に不調がある人を放置もできない。

『痛み方は？』

『アナタは医者？』

『整形外科は専門外ですけどね。湿布の種類くらいならわかりますよ』

何せ小児科だ。子供達は病気だけでなく怪我で受診することも多い。

俺はアルブレヒトと名乗った男性を簡単に問診する。そして、ナースステーションの近くにあるソファに座らせ、足の様子を診《み》た。かなり歩いたのだろう、血豆ができているし、靴擦れを起こしている。それと浮腫《むく》みか。

『アルブレヒトさん。湿布はこの成分が入ったもの――ああ、書きますから薬局の店員に見せてください。それから、血豆と靴擦れがあるから、余裕があったら靴を買い換えることをお勧めします。じゃあ、手当てしてしまいますから、こちらに』

俺が空《あ》いている病室を借りて治療しようとすると、アルブレヒトは困った顔になった。

『センセイ、僕、そんなにお金は……』

『別にレントゲン撮ったりはしないし、血豆と靴擦れの手当てなら三千円くらいかな。――御朱印状巡《ごしゅいんじょうめぐ》り、頑張ってください』

俺の言葉に、アルブレヒトは嬉しそうに頷いた。

状況がわからないまま俺達についてきていた御園に、「血豆ができて靴擦れもしているから、簡単に手当てする」と言うと、驚いた顔をされる。

「環先生は、何ヶ国語話せるんですか……」

「さあ、数えたことはない。悪いが、ナースステーションから脱脂綿とアルコールをもらってきてくれないか」

「はい！」

タブレットを抱えたまま、御園はナースステーションに向かい、俺はアルブレヒトの足を触診して、骨折や捻挫《ねんざ》の症状がないことを確かめた。レントゲンを撮った方がいいとは思うが、本人が自費ではそこまで払えないと言う。

外国人旅行者相手でも、きちんとカルテを作って、自費診療扱いにすることになる。なので、パスポートのコピーを取らせてもらった。御園が手際よくカルテを作ってくれたので、そこに処置内容その他を書き込んでいく。

アルブレヒトの手当てを済ませ、彼の足の痛みを取るのに適した湿布を数種類選んで、そのメモを薬局の店員に見せるように指示した。

アルブレヒトは『ありがとう、センセイ、ありがとう』と繰り返しながら、伝わらないオランダ語でナースステーションの看護師達にも『迷惑をかけました』と謝りながら去って行った。

――予定外に時間を使ってしまった。回診もあるし、午後の診察開始時刻を少し遅らせるように御園に指示したら、彼女はほっと溜息をついた。

「……何だ、その溜息」

「いえ……やっぱり環先生、優しいなあと思いまして」

「優しい？」

「患者さんじゃなくても、困ってる人を見捨てられないんだなあって」

――それは人として当たり前のことだろう。まして言葉の通じない場所で困っている相手だ。

「この場で、たまたまアルブレヒトの言葉がわかるのが、俺しかいなかったからだ。……他の医師も、オランダ語のわかる人は何人もいる」

「でも、アルブレヒトさんを助けたのは環先生ですよね」

「……ここで、勝手に診察行為ギリギリのことをして許されるのは、俺や兄達くらいだからな」

他の医師と俺達兄姉《きょうだい》は、雇用されているという点では同じでも、「経営者一族」という点が違っている。多少の無茶を目零《こぼ》ししてもらえるのは、俺が「篠宮環」だからだ。

「俺に助けられる相手なら助ける。それだけだ」

「だから、そういうところが優しいんですよ」

「……あまり、優しいを連呼されるのも複雑だな」

「優しい人」というのは基本褒《ほ》め言葉だが、女から男に向ける場合に限り、「恋愛対象外だけど」という声に出さない前置きが付く「優しくていい人」のことだ。

——いや、御園にそう思われていたとしても、特に問題はない……はずだ。

俺の言葉に、御園はくすくすと笑って「優しいですよね」と繰り返している。

「……からかうな」

「優しいなあって言っただけですよ？」

まだ笑いながら、御園は俺より先に病室を出た。ナースステーションに、借りていた脱脂綿その他を返しに行くらしい。

だが、ふとその足を止めて、彼女が一点を見つめる。

「晃先生……」

聞いたこともないくらい幸せそうな声だった。

真っ赤な顔をタブレットで隠すようにして見つめている先には、院長回診中の祖父がいる。

後ろに何人か医師を連れているから、新人教育中だろうか。もう八十を過ぎたから、現場に出ることはほとんどないものの、今も時々、診察や指導を行っている。

どうかしたのかと御園に聞こうとして——やめた。

普段は薄い桜色の頬を、鮮やかな赤に染めて祖父を見つめる御園の姿は、誰がどう見ても「恋する乙女」そのものだったから。

その顔をめちゃくちゃにしてやりたい、何故かそう思った。

優しいと褒《ほ》められるより——あの瞳を自分だけに向けてほしかった。

＊＊＊

俺の自宅——病院から徒歩三分のマンションは、一棟まるごと、篠宮総合病院の職員寮だ。

医師と看護師に優先的に割り振られていて、独身の俺は実家ではなくここに部屋を借りている。

独身とはいえ医師なので、初期研修医期間が終わった時、最上階の２ＬＤＫの部屋が俺の部屋になった。夫婦や家族で住む者は低層階に固めているらしい。

この部屋に暮らすようになって三年ほど経つが、状態は越してきた頃とあまり変わらない。小児科臨床研修を終えたばかりの俺は寝に帰るだけの部屋だから、必要最低限のものしか置いていなかった。

ベッドだけは、睡眠の質を考えていいものに買い換えたが、「勉強にだって、いいデスクが必要なのよ！」とインテリアにうるさい長姉がローズウッドのデスクを届けてきた。

上品な飴色をした艶《つや》のある木製のデスクは、確かにサイズもデザインもいい。だが、別にパイプデスクでも変わらないだろうというのが本音だった。

勉強するのは俺であって、やる気が出るかどうかは、デスクの質よりその日の気分や体調の方が重要だと思っている。

――そう。重要なのは俺自身の気持ちだ。だから、今日のように苛立って文字が頭に入らない日は、勉強したって効果は薄い。

わかっているが、何もしなければ、頭に浮かぶのは御園のはにかんだ、幸せそうな笑顔。

そして、それをもたらしたのが祖父らしいという事実。

そのことに苛々《いらいら》しながら作った夕食は、我ながら最悪の出来だった。

まともだったのは、電子レンジで温めるタイプの米だけで、味噌汁は薄かったし、鯵《あじ》は真っ黒に焦《こ》げたし、白菜の浅漬けは鷹の爪を入れすぎて辛さしかなかった。

捨てるわけにはいかないので食べたが、明日が休みでよかった。腹を壊しかねないほどさだった。

食器を片づけたあとは、薄い水割りを作ってグラスの中の丸い氷を眺めた。

「………………」

休日前の夜は、参加できなかった学会のＤＶＤを見たり、海外の最新医療を調べるのが習慣だったのに、何故か今日は感情の切り替えが上手《うま》くいかない。

――三ヶ月も一緒にいて、俺は御園のあんな顔を見たことがない。

嬉しい、だけど恥ずかしいといった表情を見たのは初めてだ。

ぎこちないほど身構えていた最初の頃に比べたら、ずいぶんと打ち解けてきたし、互いに笑ったり冗談を言い合ったりするようになっていた。

だが、あんな――ただ純粋に幸せしか感じていないような、可愛いとしか言えない顔を見たことはなかった。

誰が見ても、あの時の御園は可愛いと思うだろう。それが、無性に腹立たしい。

「ちょっと待て。俺以外に向けて可愛い顔をされたからって、どうして腹が立つんだ」

――自分で突っ込んでから考えるが、要するに……俺は御園が好きなのか？

御園は仕事は真面目で、人当たりも悪くはない。愛嬌を振りまくタイプではないが、大瀬とは仲がいいようだ。

保護者からの質問も、きちんと聞いて俺に伝えるし、勝手な判断もしない。それでいて、俺が対応に困るタイプの相手――話が長引いて診察時間に影響しそうなＭＲなどへは、毅然《きぜん》と「そろそろ時間ですので」と自分が悪役を買って出る。

空気を読むというか、俺の気持ちをすぐに察してくれた。おかげで、俺は気持ちよく診察ができる。今のところ、俺は御園に対して好感しかなかった。

嫌いな部分は、特に見つからない。正確には、御園舞桜という人間をそれほど知らないのだ。

顔は、正直好みかどうかわからない。……可愛いとは思うが、深く考えたことがなかった。

スタイルについても同様で、気にして見たことがない。身長体重共に標準か、やや痩《や》せ型だろうという程度だ。

御園に対して、好感——ある意味、好意とも言えるだろう——があるのは認める。

だが、好意イコール恋愛とは限らない。

自分で言うのも何だが、これまで「医師」や「実家が病院」という肩書きに寄ってくる女が多かったせいで、疑い深い性格になっているのは否《いな》めない。

他にも原因は色々あるが、俺は結婚や交際なんて面倒くさいと思っている。

なので、俺が御園に好意を持ったのは、御園が俺に興味を持っていないからだ。

……待て、その思考もちょっとおかしい。

咄嗟《とっさ》に、思考にストップをかける。

自分に無関心な相手だから惹かれるというのは、心理的にマズいのではないか。好感ではなく好意があると自覚した途端、俺は何故か御園舞桜に対しての感情整理が上手《うま》くできなくなっていた。

こういう時は——寝るに限る。寝るのが一番いい。

俺は答えのない思考を続けるのが嫌になって、ベッドに入った。

＊＊＊

「舞桜ちゃん、ここに憧れの先生がいるらしいんですー。調べた結果……知りたいですか？」

患者に向けているにこやかな笑顔ではなく、からかう気満々の笑顔で大瀬が声をかけてきた。

交換条件として「色気駄々漏れにするの、いい加減やめてくださいね」と言われたが、そんなものは俺の意識下にないので知ったことではない。

御園の憧れの医師。人生を決めさせた相手。

気にならないわけがない。俺は、どうやら御園のことが好きらしいので。

そして、聞かされた名前に落ち込んだ。

――篠宮晃。

嫌というほど聞き慣れた祖父の名前。俺にとって、絶対に敵わない相手だった。
医師としてはもちろん、人間性というか器量の部分でも太刀打《たちう》ちできない存在だ。
御園の憧れが祖父だと聞いた俺が、冗談だと一蹴《いっしゅう》しなかったことで、大瀬に「心当たりがあったりします？」と聞かれた。

あの日、病棟で祖父を見た時の御園の顔。

あんな「恋をしています」としか言えない顔を見ていたら、信じざるを得ないだろう。

「だから。そーいう色気駄々漏れは、やめてくださいって言ってるじゃないですか」

今日来院予定の患者のカルテを整理しながら、大瀬が呆れている。御園は受付に他の診療科の急な休診その他を確認しに行った。たまに、耳鼻《じび》科に来た子供がこちらに回されることがあるからだ。

「悪いが、俺は男に色気なんか感じないからわからない」

「女にも色気感じたことねーくせに、何言ってんだかですよ」

「あのな」

「交際経験があるのと、恋愛経験があるのは別ですからね。生理的な欲情と心理的な欲情は別モノです」

患者である子供達やその保護者には優しい大瀬は、俺にはきつい。

「子供相手の職場なんだし、もう少し言葉を選んだらどうだ」

「はっきりきっぱり言わないと、深窓《しんそう》のご令嬢には伝わりませんので」

「上司相手にもパワハラモラハラは成立するって知ってるか？」

「だって環センセ、自分が深窓《しんそう》のご令嬢並みに箱入りの自覚があるって言ってたでしょ」

多少はあるが、そもそも箱入り息子と深窓《しんそう》の令嬢は決定的に違うと思うが。

「それに――舞桜ちゃんの憧れ、初恋の人が院長先生だからって、拗《す》ねるなんてガキかよって話です」

「……そんなにわかりやすいか、俺は」

「まあ、研修医時代を入れると、五年近く一緒に働いてますから。嫌でもわかりますよ」

俺は、大瀬のことはさっぱりわからないままだ。

「告白すればいいじゃないですか。のんびりしてたら、横からかっ攫《さら》われますよ。舞桜ちゃん、普段は無表情美人さんだけど、笑うとめちゃくちゃ可愛いし」

大瀬は、何かを思い出して、うっとりしている。

「職場恋愛は禁止じゃないんだし、言うだけならタダです。……告《こく》れよ」

ここまで率直に言われると腹も立たない。というか、感心する。

裏表がないというより、大瀬は貪欲なくらい自分に正直だ。

「……その、どこまでも自分中心な生き方は、尊敬する」

「あたしの幸せを、あたしが最優先にしなくて誰がしてくれるってんですか！　いや、ほんとの最優先は娘で、あたしと夫はその次ですけどね！」

「もっともらしく惚気《のろけ》るな」

「真面目な話。好きなら好きって言わなきゃですよ。環センセは、受け入れ型の流され型だから、今の不安定な状態はちょっと心配です」

「心配？」

「適当な女のハニートラップにかかって、結婚まで持ち込まれそう」

「それはない」

断言した俺に、大瀬は何故か説教モードに入った。

「センセのことは五年、舞桜ちゃんのことは三ヶ月、一番近くで見てきた第三者として申し上げますが」

「……はい」

今の大瀬には、逆らいがたい、有無《うむ》を言わせない迫力があった。

「舞桜ちゃんもセンセと同じで、『恋愛』ってものがわからないタイプです。だから、どれだけセンセが待っってても、あっちからアプローチしてくることは、絶対にない」

据《す》わった目で断言される。

そろそろ診察時間が始まるというのに、何故俺は、こんな会話をしているのだろう。

「好きなら好きって言いなさい。――この何とも言えない空気がずっと続くなんて、あたしには耐えられないんですよ！　甘酸っぱい青春ですか、もうすぐ三十路《みそじ》でしょうが！」

「三十路《みそじ》まで、まだ半年はある」

「男が細かいこと言うな！」

こういう時だけは、男女同権にはならないらしい。

言いたいことを言ったあと、大瀬は俺の答えを待たずに、「もうすぐ舞桜ちゃん戻りますから」と、話を打ち切った。

――確かに、このままだと俺も落ち着かない。

そして、自分が如何《いか》に受け身で生きてきたかを思い知らされた。

「大瀬」

「何ですか？　あたし、診察前は忙しいんですけど」

「告白したことがないから、最適解がわからない」

「センセはお勉強の偏差値は高いけど、恋愛偏差値は低いですからね……」

心から哀れんだ視線を向けられ、俺はデスクに突っ伏した。

――駄目だ、御園に何をどう言えばいいのかさっぱりわからない。ごく自然に告白できる人間を尊敬する。

だが、このままでいたって、大瀬の言う通り、何ら進展はないだろう。

好きな相手に、好きだと告げられるのは、自分に自信のある奴なんだろうなと思った。

それでも、伝わらなければ始まらない以上、俺は御園に「好きだ」と告白する決意をした。

3　先生と私の関係

今日は午前だけでかなりの患者さんが来たなあ……と思ったら、何のことはない、午後は環先生が休診だからだ。

篠宮総合病院が校医になっている中学校の健康診断があるらしく、先輩医師の補助として同行するそうだ。大瀬さんは行かなくていいのか聞いたら、それは別の看護師さんが行くとのこと。

なら、午後は診察室の片づけや、絵本やぬいぐるみの補修、買い換え依頼の資料を作成しようかと話していたら、環先生が何とも言えない無表情で戻ってきた。

怒ってるというより、どこか戸惑っているっぽい。

「……聖ケ丘《ひじりがおか》学院の中等部の健診に同行されたんじゃないんですか？」

大瀬さんとの「聞きなさい」「嫌です」の押し付け合いの結果、「先輩命令」に負けた私が、環先生に尋ねる。

「いや……行くはずだったんだが」

「はずだったけれど？」

「……断られた。代わりに、萩野《はぎの》先生を指名された」

環先生は診察デスクに座り、ずーんとダメージを受けている。

私と大瀬さんは顔を見合わせ、小声で言葉を交わす。

（断られたって……どうしてですか？）

（わかんない。聖ヶ丘の健診はずっとうちが担当してるのに。っていうか、あの学校自体、篠宮さん家《ち》の経営だから）

医療グループだけでなく学校法人まで経営とは、やはり篠宮家はお金持ちだ。

そこで、私は不意にあることに気づいた。

「……あの、環先生。聖ヶ丘って幼稚園から大学までの一貫校ですよね？」

「ああ」

聖ヶ丘は、地元でも有名なお坊ちゃま、お嬢様学校である。

「中等部の女の子から、というよりその保護者から？　健診とはいえ男性医師は困る、みたいな苦情があったとか……じゃありませんか？」

「身長体重、視力聴力の測定と、脈を診《み》る程度だぞ」

「ですから、脈を診《み》るにしても、手首で取れなかったら首とか胸とか触るじゃないですか。あと心音検査で胸はどうしても触っちゃいますし」

「医療行為だろ」

愕然《がくぜん》とする環先生に、私はおもむろに告げた。

「私も先日AEDの使い方講習を受けましたが、『若い女性に施《ほどこ》す場合は、女性が率先《そっせん》して処置してあげてください』と言われました。男の人だと、その、痴漢と勘違いされることもあるとかで」

「……」

絶句している環先生の気持ちはよくわかる。私も緊急事態にそんな余裕があるかと思った。

例えば、私が倒れたとして。環先生と、通りすがりの女性、どちらにAED処置してもらいたいかといえば、間違いなく環先生だ。だけど、見知らぬ男性に胸とか見られたくない、触られたくないという女性の気持ちも理解できる。

「たぶん、環先生が駄目なのではなく、男性医師が駄目だったんじゃないかなと」

その証拠に、環先生の代わりに指名された萩野先生は女性である。

おそらく、事前にそうした連絡が、あちらとこちらで上手《うま》くできていなかったのではないだろうか。

「……それならいい」

何とか自分を納得させたらしい環先生は、私と大瀬さんに頭を下げた。

「すまない。余計な気遣いをさせた」

「いえ。あたしはぜんっぜん気遣ってないので」

「そうだな」

「あたしの仕事は、センセのメンタルケアではありませんから。……って、ああ！　環センセ、タブレットもカルテも持って帰ってきちゃったんですか⁉　ここに通院歴のある子だったら入力しなきゃ駄目なんですよ！」

焦った様子の大瀬さんに、私も頷く。

「カルテは呼び出せるかもしれませんが……あ、七年以上病院に来てなかったら消えてるかも」

確か、カルテの保管義務は五年だけど、篠宮総合病院では七年保管になっている。中等部の子なら、幼児期以降来ていない場合はデータが消えている可能性がある。

「もー、あたしが届けてきます！　センセはそこでメンタル回復しててください！　舞桜ちゃんはそのフォローー！」

「大瀬さん、私が行きま……」

「車の免許ないでしょ、舞桜ちゃんは」

う、と答えに詰まった私を横目に、大瀬さんは環先生の往診用バッグを取り上げると、足早に診察室から飛び出していった。

「……あいつにだけは、借りを作りたくなかったのに……」

後悔ここに極《きわ》まれりといった様子で呻《うめ》いて、環先生はデスクに突っ伏した。

残された私は、とりあえず診察室の整理を始めようと思ったのだけど。

……困った。

看護師の大瀬さんが使いにくくなってはいけないから、医療器具の配置や片づけができない。

紙カルテは、元々環先生がきっちり整頓《せいとん》しているから問題ないし。

「御園。することがないなら、半休にして帰っていいぞ」

立ち尽くしていた私に、環先生が声をかけてきた。メンタルダメージが回復してきたのか、声も口調も落ち着いている。

「……まあ、急に休めと言われても困るか」

「えーと……はい。特にやりたいこともないので」

「なら、本でも読むか？　と言っても……ここには、こんなものしかないが」

そう言って示された本は、ドイツ語の医学書と、子供用の絵本。うん、中間が欲しい。

「本を読んでいいなら、自習しても構いませんか？」

「自習？」

私が診療情報管理士の勉強をしていると言うと、環先生は許可してくれた。更には、医事課に相談すれば、通信教育の受講料と受験費用を負担してくれるはずだと教えてくれる。

「まあ、合格が大前提だが」

「……難しいんですよね、これ……。私は入院の方の知識がないので特に」

「そんなに違うのか？」

「医療事務で入院の基本算定は勉強しましたけど、だいたい二年くらいで内容が色々変わってくるので、私の知識は古くなってるでしょうし」

診療情報管理士の試験は、病名や検査や医学用語の知識がモノを言うマークシート形式。だから、「入院患者のカルテを元にレセプトを作成してください」みたいな問題が出ないだけましだけど。

ただ、実務経験の浅い私は、知識が圧倒的に足りないのだ。

「これは何に使うのかって聞かれても、問題の意味を理解する以前に、まず単語の意味を調べないといけなくて……」

まあ、そんな簡単な資格でないことはわかっているので、頑張るしかない。

「ふーん……御園、その課題というのを見せてもらっていいか？」

「課題は家なので」

今はちょっと無理ですと言うと、「教材は？」と聞かれた。それは持ち歩いている。たまに、仕事帰りに静かなカフェや図書館で勉強しているから。

「なら、教材を見せて。診療情報管理士についてはきちんと勉強したことがないから、上手《うま》く教えられるかわからないが」

「わかるんですか？」

「大抵のことは、教科書なりテキストなりを読めば理解できる」

真顔で「教科書は説明書だろ。それを読んでもわからない奴がいるのか？」と言われて、これだから地頭がいい人は……と思ってしまった。

とはいえ、せっかく教えてくれると言っているのだから、私はありがたく自分の荷物を取りに更衣室に向かった。

――私の隣で、パラパラとページを捲《めく》る音がする。そのスピードが異常に速いんですが、本当に読んでますか、環先生。

環先生に渡したのは、医療事務の基礎と応用を兼ねた教本だ。

窓辺に凭《もた》れて読書している姿は、怜悧《れいり》さが増して、いかにも「医師！」という感じ。後ろから陽光を受けていることもあって、とても綺麗だ。

美形揃いの篠宮家の中でも、環先生の顔は際立って整っている。しかも、晃先生に似ているのだから私の好みの顔なのである。

　これだけ綺麗だと、外見だけで彼に惹かれる女性が出てきて困るという大瀬さんの言葉にも、頷ける。

　けど……色気？　男の人の色気って、何？

　私には、少し気怠《けだる》そうに感じるくらいで、いつもとの違いがわからない。色気を意識して、更にじっと観察してみる。軽やかにテキストを捲《めく》る長い指が綺麗だなあと思った。

「……御園。何か言いたいことがあるなら言え」

　いけない。凝視しすぎた。

「言いたいことはありませんが……少しばかりの知識欲です」

「君は知識欲で人の顔を眺めるのか」

「人間観察の一環です」

「何だ、それ」

　ちょっと笑った環先生は、私の不躾《ぶしつけ》な視線にも、特に機嫌を損ねてはいないらしい。

「……環先生、笑うと……」

「可愛いとか言うなよ」

「言いません。元々綺麗なのに、もっと綺麗になるんですね」

　そう言ったら、環先生は少しムッとした顔になった。しかしその顔も綺麗なのだから、美形はどんな表情でも絵になって羨《うらや》ましい。

「君は、俺をからかってるのか怒らせたいのか、どっちだ」

「どっちでもありません。綺麗だなって思ったからそう言っただけです」

そう答えて、晃先生とはちょっと違うかな、と気づいた。

環先生は綺麗で、晃先生は格好いい。あ、男性の色気というのは、もしかしたら晃先生に感じるオーラのようなものかもしれない。どうしてか、惹かれる引力みたいなもの。

そう思って、テキストを読んでいる環先生を見る。すると、何故か私の心臓がトクンと脈打った。

環先生の切れ長の綺麗な目が、真剣に文字を追っている。

その姿が――真面目なのに、ひどく艶《つや》やかで。

私は、吸い寄せられるように環先生を見つめてしまった。

――駄目だ。これ以上見てたら、私もおかしくなる。誘蛾灯《ゆうがとう》に集まる羽虫にはなりたくない。

何とか視線を外すことに成功した時、環先生がトン、とテキストを卓上に置いた。

「……うん。面白かった」

「面白かった⁉　もう読み終わったんですか？」

「ああ。こういう風に算定してたのか。それでレセを返されたりしてたんだな、俺」

うんうんと一人で納得している環先生は、診察デスクを借りて勉強している私を覗《のぞ》き込んだ。

「御園は、何がわからないんだ？」

「全般です。まだ基礎のところですけど難しいんです」

医師国家試験とは比べるまでもない難易度ではあっても、私には十分難しい。

「……過去問を三年分見て気づいたんだけど、これ、パターン化してる」

「え」

「だから五年分の過去問を暗記すれば合格できるだろ。……今はどこで詰まってる？」

「えっと……ラジオアイソトープってところです」

「それは良性腫瘍《しゅよう》の診断と治療に使う。他は……英語と、医学史を勉強しておきなさい」

「はい」

「ざっと見たところ、小児科ではあまり使わない専門用語があるな。ＩＣＤ－11とか意味不明だろ？」

「おっしゃる通りです」

「……そういうのでいいなら、今後も俺が教える」

環先生は、ぽかんとしている私に苦笑した。

「君には日頃、ずいぶん助けてもらってるから、その礼だとでも思えばいい」

「でも」

「午後休の日だけだし、急な呼び出しがあったら付き合えないが、それでもよければ。国際疾病分類の最新版は俺の復習にもなるから、気にすることはない」

「……合格へのプレッシャーが半端ないんですが」

「どうせ受験できるのは再来年だろ。二年もプレッシャーに晒《さら》されていたら、受験の時には合格して当たり前、くらいの心境になれるぞ」

その前に私の精神が崩壊しそうだ。

しかし、環先生の申し出は、とてもありがたい。何せ、私はわからない単語が出る度に調べていたのだけれど、環先生は聞けば即答してくれるのだ。

「……では、先生の都合がつく時だけで結構なので、お願いしてもいいですか」

「俺から言い出したことなのに、断るわけがないだろう。──確かに、お願いされました」

からかうように笑って、環先生は私の頭をポンと撫でた。その手がとても優しくて、いつもの「どこか無機質な環先生」らしくないくらい、温かい。

──男の人に頭を撫でられるなんて、不快なだけだと思っていたのに。

むしろもっと触れてほしいと思ってしまった。いつもと違う、やわらかく甘い雰囲気の環先生に触れられると──駄目だ、これはヤバい。

だけどこれは、環先生にとっては、ただの「了解」の意味でしかないはずだ。

私は気を引き締めて、自分の不純な気持ちを反省した。

＊＊＊

環先生との勉強会は、月に一度か二度。それでも十分すぎるくらい、理解が深まる。

また、医事課に相談に行くと、受験費用その他のサポートのパンフレットをくれた。

すでに合格している人から、色々と試験についてのコツを教えてもらえるのもありがたい。

「結構な難易度なんだから、一発合格しなくてもいいのよ」

そう、医事課の課長さんは言ってくれたけど……ええ、はい。私もそのつもりでしたが、環先生が自分の時間を割《さ》いてまで教えてくれているのだから、合格で応《こた》えたい。

「頑張ってみます」

根《こん》を詰めないようにと、課長さんが優しく笑った。

ふんわりと優しい雰囲気の課長さんだが、いわゆるモンスターペイシェントからの苦情には毅然《きぜん》と対応して部下を守るので、医事課メンバーの信頼は厚いそうだ。

というか、ここは、いい人達ばかりだ。患者さんにだけでなく、誰に対しても優しいし親切。

何かの時にそう言った私に、大瀬さんは「その為の好待遇ホワイト企業なんだもん」と、胸を張って教えてくれた。

従業員に、精神的かつ金銭的な余裕があれば、自然と人に優しくできる——それが、晃先生が理事長に就任した時からの理念らしい。

さすが晃先生だわーと思いながら、今日の午後は環先生に勉強を見てもらう予定だったと、時計を見る。

約束の時間の五分前に診察室に入ると、環先生が何か書き物をしていた。

暑いのか、白衣を脱いで椅子に引っかけている。

院内のエアコンは高めに設定されているから、シャツの上に白衣を着る先生方は「暑い」とよく愚痴《ぐち》っているが、患者様最優先なので仕方ない。

「皺《しわ》になりますよ」

白衣をハンガーにかけて、皺《しわ》がないか確認する。……うん、大丈夫。

シルバーグレーのシャツに、バーガンディーのネクタイ。診療中かどうかにかかわらず、環先生が仕事中ネクタイをきっちり締めるのは、公私混同したくないからだと言っていた。

つまり、今はお仕事タイムである。

「紹介状でしたら、私が書きますけど」

「いや、手紙。俺の字で相手方に出せるわけがないから、もちろん君に清書してもらうつもりだ」

私は好きなんだけどな、環先生の癖字《くせじ》。

だけど「好き」という単語は何となく憚《はばか》られて、口にしないでおく。

「これを書き上げたら、課題の方を見るから」

「その前に、お食事を取ってください」

午前中の診察のあと、ずっと手紙を書いていただろうことは、ネクタイの状態でわかる。つまり環先生は休憩を取っていないし、お昼も食べていない。

「私は復習してますから。それとも、何か買ってきましょうか？」

テキストでわからないところ、聞きたいところは、昨日のうちにノートにまとめておいた。

忙しい環先生の時間を割《さ》いてもらっている以上、できるだけ時間を無駄にしたくない。

「あー……なら、悪いが何か買ってきてくれると助かる」

「片手で食べられるものと栄養重視、どちらにします？」

普段なら片手で食べられるもの一択だけど、今日の環先生はおそらく先輩あるいは著名な医師宛の手紙を書いている。うっかり汚してはいけない。たとえ下書きであろうとも。

「片手で飲めるゼリー」

「……それは食事とは言いませんよ」

私は溜息をついて、「適当に見繕《みつくろ》ってきますから、食べてくださいね」と念を押す。普通、専属クラークはそこまでしないけど、勉強を見てもらっているお礼にしては足りないくらいだ。

「ん。財布は白衣の――」

勉強を見てもらっているんだし、それくらい奢《おご》りますと言おうとした時。

午後からは病棟勤務のはずの大瀬さんが、駆け込んできた。

「舞桜ちゃん!」

「はい!」

勢いよく呼ばれて、思わず背筋を伸ばして答えた。

「院長先生の専属に異動になるってほんと⁉」

私が「え?」と間抜けな声を漏らす前に、環先生が派手な音を立ててペン立てを倒した。

「私は、何も聞いてませんが」

「でも、もう噂になってるんだけど! 秋の異動で、院長の専属クラークにって」

大瀬さんの説明によると、現在晃先生の専属クラークをしている松江《まつえ》さんが、来春で退職するそうで、その後任として私に白羽《しらは》の矢《や》が立ったらしい。

「……俺も、何も聞いてないんだが?」

愛用のボールペンをへし折りながら、環先生が低い声で呟いた。

「晃先生――院長先生の専属って、月二回の外来診察時以外は、基本的に院長室勤務で秘書みたいなことをやるそうです。というか、ほぼ秘書だとか」

あのあと私は、医事課課長に呼ばれて内示前の説明とやらを受けた。そこで聞いたことを、環先生とのお勉強タイムで、説明中だ。

「ああ……学会だけじゃなく、医療関係以外にも、いろんな会合に招待されるからな。じいさまの年齢を考えたら全部は出席できないし」

「更に、出張や学会へ出席する場合の、ホテルや飛行機の手配もするそうです」

「そんなことまでやらされるのか？　何の為のコンシェルジュだと思ってるんだ、じいさまは」

「コンシェルジュ？」

思わず聞き返した私に、環先生は、「カードには専任のコンシェルジュがいるだろ？」とのたまった。世間知らずここに極《きわ》まれりだ。

環先生は、そんなものがいるのは、ブラックカードやその上のカード会員だけだとご存じないらしい。

「ともかく、そういうわけだから、院長先生には専属の医療クラーク……というよりは、

話が出たらしい。

そして私は、秘書検定の資格を持っている。それもあって、晃先生の専属に、という話が出たらしい。

「いくら松江さんが、退職までの半年間教育してくれるとはいえ、無茶すぎます」

ここに採用されただけでもすごい確率なのに、たった半年で晃先生の専属という、私にとっては究極かつ至高の夢が現実になるなんて、「それでお給料までいただいていいんですか？」と言いたいくらいに、幸せな話だ。

それなのに……何故か、喜べなかった。

真っ先に頭に浮かんだのは「断れないかな」ということだった。

少し前の私なら、断るなんて考えもしなかっただろう。

でも今は――晃先生の傍で働きたいという気持ちより、もっとここで仕事をしたいという気持ちの方が強い。

晃先生と同じ職場で働けるだけでいいと思っていた頃と違って、クラーク兼医療事務という仕事を、頑張りたいと思っている。

そう思うようになったのは、医師として勉強を怠《おこた》らず、常に新しい治療法を知る努力を続けている環先生に感化されたからかもしれない。

融通《ゆうずう》の利かない堅物で、真面目な環先生。その真摯《しんし》な姿勢を見て過ごすうちに、私ももっと努力したいと思うようになった。

「……異動、受けるのか？」

少し不安そうに問う環先生は、淋しそうというか、苛立ちを抑えているというか……いろんな感情が綯《な》い交《ま》ぜになったような視線を向けてくる。

「明日、お断りするつもりです。医療事務もですけど、院長先生の秘書には、もっとふさわしい人がいると思いますから」

私でなければいけないという話ではない。

そう言った私に、環先生は小さな声で「俺は君でないと困る」と言った。

「……え？」

思わず聞き返した私に答えることなく、環先生は「ここ、ケアレスミス」と、私の間違いを指摘して笑った。


翌日の仕事終わり。

医事課ではなく事務長室に呼ばれた時も、私の答えは変わらない。

「……そういうわけですので。私には荷が重すぎます」

入職半年の新人なので！　と強調して、頭を下げてお断りした。

「確かに、御園さんの気持ちもわからなくはないんだけど……他に適任者がいなくてね」

事務長は困り果てた様子で溜息をついた。

適任者がいないというなら、新しく募集するなり、今いるベテランのクラークに秘書の仕事を教えればいいのではないかと思う。秘書は必ずしも資格がなければできないというわけではない。

「……院長の字は……環くんと同じで、誰も読めないんだ……」

「はい？」

「唯一読めるのが松江さんだったんだ。でも彼女が延長せずに定年退職するつもりだと聞いて、僕達もこの一年半、必死で探したんだよ。院長の字を解読できる人材を」

しかし求人も教育も徒労だったと呟いて、事務長は、白髪交じりのふさふさした髪ごと頭を抱え込んだ。

「君が環くんの字を読めると知った時、退職する松江さんに代わって院長専属になってもらおうと思っていたんだ。なのに環くんが『今更御園を引き抜かれたら困る』って、抗議しに来てね」

「……環先生は、ご存じだったんですか？」

私が、いずれ晃先生の専属になる……という話を。何も聞いていないと言っていたけれど、もしかしたら前提として知っていたかもしれない。

もし知っていたなら、何だか淋しいと思った。職場の異動なんて当たり前のことなのに、それを断ろうとしている自分の至らなさも恥ずかしい。

「いや、環くんには話してなかったよ。そもそも君に彼の専属が務まるかわからなかったし、それすらできないクラークを、院長の専属にすることはできないからね。環くんには昨日伝えたんだ」

……何か。

何か、その言葉にイラッとした。

確かに、環先生は自分でも認めている、ペーペーの新米医師だ。心臓外科の権威と言われる晃先生とはそもそも扱いが違うのは当然だろう。

だけど、医師としての気持ち、信念——そういうものは、同じだと思うのだ。

でなきゃ、あんなに一生懸命、寸暇《すんか》を惜しむみたいに勉強したりしない。篠宮総合病院の経営者一族の医師として、のんびり仕事したって許されるだろうし、面倒な症例は他の先生に回すことだってできるのに、環先生は絶対にそんなことしなかった。

やむを得ず、難解な症例の患者さんの担当を先輩医師に代わってもらったとしても、あとで容態を確かめたり、病気について調べたりして、次は適切に処置できるようにと頑張っている。

そんな環先生の努力を、同じ診察室にいる私や大瀬さんは見てきたのだ。

それを「環先生の専属すら務まらないようじゃ晃先生の専属は無理」と、軽く見られているのがすごく悔しかった。

「すみません。私では院長先生の専属は務まりません。環先生の専属すら、フォローされないと満足にできないので」

そう言って、深々と頭を下げた私は、事務長の返事を待たずに「失礼します」と踵《きびす》を返した。

優しい乳白色の内装で統一された病棟を、一階の小児科に向かって歩きながら、私は奥歯を噛みしめる。

何がそんなに悔しいのだ、私は。

――決まってる。環先生が、軽く見られたことだ。

事務長は環先生の叔母さんのご主人で、親戚だ。悪意があって、あんな言い方をしたわけじゃないことくらいわかっている。ただ、病院にとって、晃先生の方が環先生より優先される、というだけだろう。

だけど、だからって、「子供相手の仕事ができないなら、大人相手の仕事はできない」みたいな言い方はひどすぎる。

そして、そのことに反論できなかった自分に一番腹が立つ。

冷静な部分では、事務長へ生意気な態度を取ってしまったことを反省しつつも、環先生の努力をないがしろにされたことへの怒りが収まらなくて。

診察室に戻ってからは、できるだけ意識を無にして仕事をしていたら……見かねた環先生から夕食に誘われた。

＊＊＊

事務長室から戻って以降、御園に表情がない。

瞳だけは苛烈《かれつ》なくらい怒りを露《あら》わにしているのに、声も口調も態度もいつもと変わらない、平静そのものだ。

普段の彼女は、よく気がつく性格なのに、無感情というか、無表情というか……あまり感情が表に出ない。だからこそ、時々見せる笑顔が余計に可愛く見えるのだが。

――惚気《のろけ》ている場合じゃなかった。

叔父は悪い人ではない。いったい何を言って、彼女の機嫌をここまで損ねたのだろう。告白のタイミングを計っていたところに、突然の異動話だったわけだが……夕食に誘ってもいい空気だろうか、これは。

幸い、俺は医師という職業のわりには、定時上がりに問題はない。祖父の「医師の不養生《ふようじょう》ほど情けないものはない」という理念のもと、医療従事者は皆、日勤夜勤と救急担当が完全に分けられ、休日や振り替え休日の取得も徹底されている。

よって、御園を夕食に誘うことに問題はない——ないが、御園の気分が問題だ。

少しの間彼女の様子を窺《うかが》っていたが、俺は察することを諦めた。

元々、御園は感情を抑えるところがあるから、俺程度の付き合いではそれを読み取るのは無理だ。

「御園」

「はい」

「話がある。時間を取ってほしい」

「どうぞ」

俺の言葉に、御園は迷わず頷いた。いや、ここで話すつもりはないから「どうぞ」と言われても困る。

「……できれば別の場所で」

食事でもしながら、と提案すると、大瀬がピューッと口笛らしきものを吹いた。ちゃんと吹けてないから、できないことはやめておけ。

「神聖な医療の職場でー、女の子を食事に誘うのってどうかと思いますー」

「仕事の話だ」

異動の件についても改めて確認したいので、仕事というのも間違いではない。我ながら苦しい言い訳だとは思うが。

「ならここでいいじゃないですか。そもそもですね、ランチならともかく、夕食はせめて前日までに誘うのがマナーですよ」

女の子には準備というものがあります、と説教してくる大瀬を、御園がやんわり止めてくれた。

「大丈夫です、大瀬さん。環先生との食事で、私がお洒落《しゃれ》する必要性は皆無です」

満面の笑みでそう言った御園に、大瀬は「そ、そう……」と頷き、俺に哀れむような視線を向けてきた。

――まったく、欠片《かけら》ほども、男として意識されていないんですね。

そんな声が聞こえてきそうな大瀬の視線は無視するに限る。同時に、このまま告白しても玉砕《ぎょくさい》する可能性が高い為、アプローチの方法を変える必要があると気づけたのはよかったかもしれない。

そう思いながら、俺はどこで食事をするか、適当な店をいくつかリストアップする。

御園は普段着だろうし、俺もそうだ。洒落《しゃれ》た店やドレスコードの必要な店は論外だし、金曜の夜に予約なしで入れる店で、御園を警戒させず、且《か》つ、きちんと話のできる店となると――

「『まるや』にするか」

「はい」

俺の提案に御園はあっさり頷いてくれたが。

「――初めて夕食に誘う店が、お好み焼き屋とか、ふざけてんですか！　こういう時はイタリアンやフレンチの洒落《しゃれ》たレストランでしょ！　個室の和食でもいいけど！」

大瀬に怒られた。

俺なりに考えて導き出した最適解だったが、ここまで叱《しか》られるということは、俺の思考は恋愛に向いてないのかもしれない。

だけど、御園が笑っているから、それでもいいと思った。

＊　＊　＊

初めて誘われた夕食が、お好み焼き屋なあたり、環先生はセレブだけど庶民派なのだと思う。

女子としては、ソースの飛沫《ひまつ》と青のりに気をつけたいところだ。

病院から徒歩五分強の距離にある「まるや」まで、十分もかかったのは、私と環先生の歩幅の差だろう。私は、彼より一回りどころか二回りは小さくて――身長差は三十センチメートル近くあると思う。歩幅が違って当たり前なんだけど、途中でそれに気づいた環先生が自然に歩くスピードを落としてくれた。

環先生は、周りに無関心なようでいて、時々とても優しい。

「まるや」の店内は、そこそこ先客がいたけれど、運良く入り口近くの座敷が空《あ》いていた。

ここの座敷は、広いスペースを衝立《ついたて》で区切るのではなく、それぞれ独立した小部屋のような造りになっているから、話を聞かれる確率は他の席よりは低い。

注文を取りに来た店員に、二人揃って「海鮮もちチーズ、ねぎ増し」をオーダーした。

ラードを引いた鉄板で、お好み焼きが焼けるのを待つ間……私は環先生から話が切り出されるのを待ち、環先生は言葉を探しあぐねていた。

しばらくすると、環先生は前置きなしでいきなり話を切り出す。

「じいさまの専属の話は、断ったと思っていいか」

「はい。それはもう無礼な態度でお断りしました」

事務長との会話を思い出してしまい、不機嫌な表情になるのを何とか堪《こら》えた。

「無礼な態度、って」

「だって……環先生の専属が務まらない程度じゃ、院長先生の専属にはできないとか言われて……私をテストするのはいいですけど、環先生を軽く見ているようで、腹が立ちました」

……どうしてこんなに腹が立ったのか、自分でもよくわからない。

わからない苛立ちを抱えたまま、私は黙ってお好み焼きを焼く。それで、引っ繰り返すのを失敗したら、環先生が自分のと交換してくれた。優しい。

焼き上がったお好み焼きにソースとマヨネーズをかけ、かつおぶしその他でトッピングを済ませたタイミングで、私を眺めていた環先生が爆弾発言をした。

「御園。俺と付き合ってくれないか？」

「はい、では遠慮なくいただきま——はい？」

頷きかけたあと、驚いて環先生を見つめたら——あちらも驚いていた。

「先生……前も言いましたが、冗談や勢いで、言っていいことと悪いことがありますよ」

「いや、冗談や勢いで言ったわけじゃない……が」

確かに、冗談を言っているような雰囲気ではないけれども。

「たぶん、君が好きなんだと思う。俺は、自分のことに興味がないから、この気持ちを断言できないが……何だろうな、さっき君が『俺を軽く見られるのは、腹が立つ』と言ってくれて、嬉《こ》しかった」

ソースの焦げた香りが満ちたお好み焼き屋で、彼は真面目に告白している。

……何だ、このムードの欠片《かけら》もない告白は。

「先生、私のことが好き……なんですか？」

「……たぶん」

たぶん、って何だと追及したい。でも、環先生自身、よくわかってないみたいだった。

「理系のくせに、はっきりしませんね。環先生」

「俺は、どちらかというと文系が好きだしな。仕方ない。人間の心も精神も、未だ解明されていないんだ」

だから、そこで医学的回答をしたら、情緒も何もないんだけど……駄目だ、この人。真面目すぎて、可愛くなってきた。

「君のことは、人間として好きなのか、恋愛的に――女性として好きなのかの判断がつかない。だから確認したい」

それは私も同じようなものだ。

「スキルアップしたいと頑張っているのを見たら、力になってやりたいと思った。俺は、あまり人付き合いをしてこなかったから、的外れな提案だったかもしれないと思うが」

「すごくありがたかったですけど……？」

「そうか。……なら、よかった」

心底ほっとした顔で微笑まれる。その笑顔にどきっとした。

「ただ、あれは、礼を言われるようなことじゃなくて……君の傍にいたくて言い出したことで」

「は？」

「仕事以外の時間も、俺の傍にいてくれなんて言う権利はないだろう。ただの上司なのに。だから、君が俺の傍にいるんじゃなくて、俺が君の傍にいるならいいかと思って」

「……あの。すごく失礼なこと聞きますけど、環先生はどうしてそんなに自己評価が低いんですか？」

かなり不躾《ぶしつけ》に聞いてみたら、少し考え込んでいる。

自信がないというよりは、環先生は自分自身を信じてない。だから自己評価が低すぎるんじゃないかと思った。

ただ、答えたくないことなら聞きませんと言おうとしたら、環先生が微かに笑う。

「……臆病なんだろうな、俺は」

他人事《ひとごと》のように冷淡な口調だった。

「ありのままの自分を晒《さら》して、君に嫌われるのが怖い。俺達の間に、そこまでの信頼関係や愛情があるとは思えないから」

その言葉は、私に突き刺さった。

同じだ。私も、ありのままの私を見せて、それでも好きでいてもらえると——そう思えるほど、環先生を知らない。

「他の誰かに君を取られるのは嫌だと思った。だけど、その理由を上手《うま》く言葉にできない」

その気持ちが、自分の専属クラークを取られたくないからなのか、それとも好意からくるものなのか。私には、それを判断する術《すべ》はない。

何より私自身、自分の気持ちが――あの怒りが、環先生への好意からくるものなのか、尊敬からくるものなのか、わからない。もし好意なのだとしたら、それが恋なのかどうかも。

……なら、確かめるしかない。

「じゃあ、お付き合いして確かめましょう。私も環先生の顔と声は好きですが、恋愛的に好きなのか造形美として好きなのかわかりませんし」

私の「お付き合いします」が交際ではなく「検証に付き合う」的なニュアンスなのは、仕方ない。環先生の色気のない告白も大概なものだし。

たぶん、お互いに、それなりに好意はあると思う。

単に、恋愛感情と言い切る自信がないだけで。

だったら、お付き合いイコール検証という提案は、あながち間違っていないはずだ。

「ですが、職場恋愛ってコンプライアンス的にどうなんですか？」

「うちは、職場結婚が認められてるから、風紀を乱さなければ問題はない。結婚を前提とした交際なら、尚更だ」

「は……けっこん？」

「交際するなら、行き着く先は結婚じゃないのか？」

「結婚って、私まだ二十二歳なんですが……」

何故か当たり前のように「結婚」と言う環先生が、不思議だった。

「別に、早すぎることもないだろう。うちの祖父も父もその年には結婚してたし」

知ってます、晃先生は十八歳でご結婚されてますよね。

ちなみに、環先生のお兄さん、お姉さん達も、二十歳前後で結婚している。なので、環先生は家族からは「もらい遅れ」と言われているそうで。

「嫁《い》き遅れ」は聞いたことあるけど……何だ「もらい遅れ」って……

「結婚前提でと言われましても……正直、今の段階でそこまで考えてないです」

「俺は交際するなら、御園をきちんと祖父母と両親に紹介して、結婚前提でと思っている」

しっかり兄姉《きょうだい》を除外しているのが環先生らしい。

私も晃先生には会いたい、だけど専属のお話を断ったことをご存じなら会いづらい。

それに、交際中の環先生と離れたくないから異動を断ったと誤解されたら、環先生にも申し訳ないし。

「ええと、私、院長先生の専属になるお話を断ってしまったので、合わせる顔がないと言いますか……」

「祖父は人事にあまり興味がないから、今回の異動のことも知らないと思う。だから、祖父の専属を断ったことは、気にしなくていい」

「わかりました。結婚前提でお付き合いしましょう。たとえ、紹介していただいた当日に別れることになろうとも！」

即答してしまった私に、環先生はにこやかに頷いた。

「大瀬から聞いた。御園は、じいさまが憧れの人で初恋だと。だから、じいさまで釣ればイケるんじゃないかと思ったんだけど、本当に簡単に引っかかったな、君」

そして、笑いながら言葉を続けた。

「恋敵《こいがたき》が実の祖父とか、俺としては笑えないけどな」

――そんな環先生の笑顔は、目が全然笑っていないという、矛盾の塊《かたまり》みたいなものだった。

4　清く正しいお付き合い

環先生にお好み焼き屋さんで告白されて、お付き合いすることになった。それを、妹――双子の片割れである舞梨にだけは、話しておくことにする。でないと、あとでうるさいから。

帰宅した私は、舞梨の部屋のドアをノックした。

「舞梨、あのね。今日、まるやで環先生に告白されて、お付き合いすることにした。でも、相手は篠宮家だし、いつ別れるかわかんないから、お父さん達には内緒にしてね」

用件だけ言って切り上げようとした私の手を、舞梨がぎゅっと握って顔を覗《のぞ》き込んできた。その鬼気《きき》迫る様子に、思わず怯《ひる》んでしまった。

「は？　まるやって……あのお好み焼き屋の『まるや』？　舞桜ちゃん、それでいいの⁉」

「洒落《しゃれ》たお店の雰囲気に流されたわけじゃない分、お互いの意思がはっきりしていていいと思う」

私が真顔で言うと、舞梨は「だからって、告白がお好み焼き屋はないでしょうよ！」と、大瀬さんみたいなことを言った。私は別に気にしないのに、何故ここまで怒るのか。

晃先生の名前に釣られたところがあるのは否《いな》めないものの、私だってまったく好意のない人とお付き合いするつもりはない。

環先生の、顔と声は好きだ。あと、ちょっと融通《ゆうずう》の利かない生真面目なところも。

そう思いながら、私はまだ「納得できないー」と言っている舞梨に「もう寝るから。とにかくお父さん達には内緒よ」と念押しして、自分の部屋に戻り、ベッドに横になった。

――そんな流れで交際することになったわけだが、私と環先生の関係が劇的に変わるわけではない。

翌朝、診察前の朝のチェック作業をしながら、私はさりげなさを装《よそお》って大瀬さんに声をかけた。

「ご報告です。環先生と、お試しでお付き合いすることになりました」

「ほほう。――そのわりに、そんな雰囲気皆無じゃない」

「昨日付き合い始めたばかりで、ここに環先生がいるわけでもないのに照れて舞い上がってたら、私はただの馬鹿ではないかと思います」

それに、そういう公私混同は、環先生も私も大瀬さんも嫌いだし。

「しかし律儀に報告しなくても。――あたしが他の看護師にバラす可能性を考えなかったの？」

「え、隠さなくていいですよ？」

別に、環先生は既婚者でも婚約者持ちでも恋人持ちでもない。独身でフリーだ。同じく独身の私とお付き合いしたところで、何ら人に責められる謂《いわ》れはない。

「玉《たま》の輿《こし》狙いの連中にいじめられるとは考えないのか、君は」

「そんな暇があるなら、さっさと仕事を終わらせて定時で帰りたいって人ばかりなのは、知ってます」

いくら超ホワイトな福利厚生でも、ここは人の命に関わる仕事をする場所だ。

他人をいじめるより心身を休ませたいというのが、看護師さん達の本心だと知っている。クラークや事務ですら、毎日入力するのに神経をすり減らしてるんだし。

「そうだけどさー。それでもやっぱり、玉の輿《たまのこし》を狙ってる人間はいるって話したでしょ。でもまあ……そっか、環センセは動いたか」

うんうんと頷いて、大瀬さんは「あの人、自分の感情に疎《うと》いからねえ……」と溜息をついた。

大瀬さんとしては、ほとんど姉のような心境でプライベートの環先生を見守っていたらしい。

……そっか。五年近い付き合いともなると、プライベートの姿も知ってるのか。

何となく心がざわつくけど、嫉妬するほど私達の付き合いは深くない。

「それで、もうデートの約束とかはした？」

「いえ。プライベートの連絡先は交換しましたけど、まだ連絡してません」

私は素直に答え、同時に少し疑問に思った。

交際を始めたのが昨日とはいえ、プライベートなやり取りは皆無。デートの予定も話していない。

環先生は、どうやって「恋愛的な好意か否《いな》か」を確かめるつもりなんだろう。

……私自身、環先生への気持ちが、恋かどうかわかってないのに。

そんな感じで悶々《もんもん》としているうちに、何も進展しないまま、あっという間に半月ほど経ってしまった。そんなある夜——

環先生から、短い連絡が来た。

「明日の土曜日、君の都合がつくなら会いたいんだが」

……初めてのプライベートな連絡がこれか！　デートのお誘いなのはわかるけど、素っ気なさすぎるというか……そこも環先生らしいんだけど。

「大丈夫です」

そう返信したら、すぐに「わかった」と返ってきた。

私の部屋でゴロゴロしながらスマホを覗《のぞ》き見していた舞梨は、「他人行儀な恋人ですこと」と冷静な意見を述べつつ、私以上に真剣にデート服の吟味《ぎんみ》を始めた。

——環先生に指定された待ち合わせ場所がカフェなので、街中デートだと推測する。もしかしたら郊外に出るかもしれないけど、行き先がわからないので、どういう服装が正解なのかわからない。

舞梨のチョイスに、私の希望——職場には着ていけない黒やグレーといったモノトーンをプラスした結果、黒のブラウスに赤の膝丈チェックスカートになった。ちなみにスカートは舞梨のものである。

「奇跡的に、舞桜ちゃんが今年の流行を持ってた……」

「デザインが気に入ったの」

ふわっとしているのに、全体の印象はきちんとしているブラウスは、ちょっとお値段が高めだったし、夏に黒はどうかと思ったけれど……まあ、一目惚れしたので買ってしまった。

「じゃ、明日頑張ってね。あたしもデートだから、お互いいちゃついてこようね！」

そう言うと、舞梨は自分の服を選ぶ為だろう、軽い足取りで自室に戻っていった。恋愛に不慣れな姉のデート服選びに付き合わせて申し訳ない。

「……デート服……」

そう口にした途端、私はかあっと頬が熱くなるのを感じた。

今更だけど、男の人と二人で出かけるって何年ぶりだろうか……学生の頃に付き合っていた人はいるけど、いつの間にか自然消滅していたし。

「……」

デートは楽しみではあるんだけど、緊張する。

プライベートの環先生なんて想像がつかない。大瀬さんから聞かされた時は、ちょっと羨《うらや》ましい気持ちになったのに。

……落ち着かなさと緊張を紛《まぎ》らわせたくて、私は、待ち合わせ場所から移動範囲内の初心者向けデートスポットをひたすら調べることに没頭した。

もし、場違いな高級レストランとかに連れて行かれそうになっても、こちらから別の場所を提案できるようにしておこう。

——そうして、迎えたデート当日。

時刻はお昼前、場所は待ち合わせに指定されたカフェ……ではない。

声を大にして言いたいけど、ここは待ち合わせをするような場所じゃない！

出かける前に「今から出ます」と送ったら、環先生から「少し遅れるかもしれないから、先にこの場所に行ってくれると助かる」とＵＲＬ付きの返信が届いた。

ちょっと長居できるカフェかと思って、添付されてきたアドレスを開いたら、超有名ホテルのラウンジがヒットして……現在に至る。

当初のカフェに比べると、緊張感が段違いだ。つい恨《うら》めしく思いながら、ホテルのラウンジで名乗って待ち合わせですと告げたら——このプライベートサロンとやらに通された。

綺麗な女性が「お飲み物や軽食など、ご希望がございましたら」と聞いてくれたので「お水をください」とも言えず、無難にフレーバーティーをお願いした。

ソファに座って室内を見回すと、壁一面がガラス張りで、そこから燦々《さんさん》と陽光が差し込んできている。

強烈なはずの夏の陽射しが、ガラスに細工《さいく》でもされているのか和《やわ》らいでいて、優しく室内を照らしていた。

窓の外に広がる優雅な風景は、周辺の建物や緑を借景《しゃっけい》にしてデザインされたホテルの内苑。とても綺麗だった。

程なく運ばれてきたフレーバーティーは、壊れそうなくらい細い持ち手のティーカップに注《そそ》がれている。

一緒に、一口大の可愛いオードブルが付いてきた。

カニとアボカドのキッシュに、スプーンに載ったサーモンとジャガイモのサラダ、くるんと巻いて西洋わさびをあしらったローストビーフ、オマール海老とキャビアのタルト。あと、野菜のジュレとムースをカクテル風にしたものなど。

……どれもおいしそうだけど、環先生が来るより先に食べてもいいものなのか。マナーがわからない。

そもそも、私の服装はドレスコード的にマズイ気がする。

ワンピースの方がよかっただろうか。

一人で色々と悩んでいたら、ドアが開いて環先生が現れた。こちらの悩みなど気づきもしないだろう彼は、相変わらず無表情ながら綺麗だ。

……更に、私服のせいか、美形度が増して見える。

よく、「白衣って知的に見えて格好良さが増す」「眼鏡もだよね」っていうのは聞くけど、私服の方が眩《まぶ》しいくらいに綺麗って、おかしくない？

細いストライプの入ったクレリックシャツに、涼しげな青い麻のジャケットと白いパンツ。

たぶんお高いブランドものだけど、環先生は「服に着られている感」がない。きっと自分に似合うものがわかっているのだろう。服を買いに行く度に悩む私とは大違いだ。

壁に飾られたアンティークの時計を見たあと、環先生は優雅というよりは典雅《てんが》な動きで私の向かいに座った。

「待たせてしまったな。すまない」

「いえ。少し遅れるって先に聞いてましたし。……それにしても、何なんですかここは……」

「見ての通り、プライベートサロンだが」

「それはわかります。私は、どうしてここで待ち合わせなんですかと聞いてるんです」

「勉強するなら、静かな方がいいだろう？　それに、図書館だと食事に困るけど、ここならすぐオーダーができる」

環先生は美麗なお顔に怪訝《けげん》な表情を浮かべ、答えてくれた。

「……勉強？」

「先週は、俺の都合で時間が取れなかったからな」

――まさか、ではあるが。

今日のお誘いは、デートではなく出張勉強会なのか。

「それならそう言ってください！　私、デートだと思ってたので、テキストも何も持ってきてません！」

デートだと浮かれていた自分が恥ずかしくて、半ば八つ当たりでそう抗議した私に、環先生はちょっと考え込むと、こう問いかけてきた。

「御園の行きたいところは？」

テーブルの上に並べられたオードブルを口に運びながら、環先生は私にごく自然に聞いてきた。

「はい？」

「デートで行きたいところはある？」

いいえ、ありません。

誘ってもらったと勘違いしていた私は、どこに出かけるにしても、環先生の予定や目的があると思っていた。

「俺の言葉が足りなかった。勉強に誘ったつもりだったが、御園がデートしてくれるなら、御園の行きたい場所に連れて行きたい」

というか、デートしてもらえると思わなかったと真顔で言ってくる環先生の思考回路が、ちょっと理解不能だ。お付き合いを始めたのなら、デートするのは当たり前だと思うのだが。

何となく、行きたい場所を言わない限り、環先生に凝視され続けることを悟った私は、必死にそれを捻《ひね》り出した。

——じっと見つめてくる環先生の瞳は、色気がありすぎる。

「……苺狩り。苺とかラズベリー狩りに行きたいです」

私の目に入ったのは、綺麗な赤い薔薇《ばら》が描かれたティーカップ。その赤から苺やラズベリーを連想するあたり、我ながら花より団子な性格だ。

言ってから、今って苺のシーズンじゃないし！　と気づいて頭を抱えたくなる私に、環先生はわかったと頷いた。

「苺か。確か、あったはずだけど」

スマホで何かを調べながら、環先生が呟く。

「……あった？」

「うちが経営している果樹園がある。温室栽培もやっているから、苺はわからないがラズベリーならあると思う」

病院や学校の給食用に、農園や果樹園をいくつか経営したり、専門農家と直接契約したりしているそうだ。ほんとお金持ちだな篠宮家。

「そういうところを、プライベートで使っていいんですか？」

「実家用にも送ってもらってるから、その分をもらう。俺と君がその場で食べて、多少持ち帰ったところで大した量じゃない」

兄達はあまり果物を食べないし、と言った環先生は——兄姉《きょうだい》に搾取《さくしゅ》される末っ子ではなく、与えられ譲られるのが当然なタイプの末っ子らしい。

「行くか」

スマホで、その果樹園の管理者さんにメッセージを送り、環先生はさっさと立ち上がって出て行こうとして——私に手を差し伸べた。

「え？」

「立ち上がりにくいだろう、その椅子」

「あ、ええ……まあ、はい」

何だ、どうしたの、急に環先生がわかりやすく優しい。

いや、元々、自分のプライベートの時間に私の勉強を見てくれたり、優しい人ではあるけど。こういう、わかりやすい女の子扱いはされたことがないので戸惑ってしまう。

私は環先生の手を借りて立ち上がりながら、テーブルの上のお料理を見た。

「こちらのお料理は、どうするんですか」

「……二人でこの量は多くないか」

それは同意だ。足りないよりはいいと思うけど。

「廃棄処分されるのはもったいないです」

相談の結果、全種類一つずついただいてから帰ることにした。残りは――暑い季節ということもあり、衛生上お持ち帰りできないのが残念でならない。

一通り食べ終えた私達は、エレベーターに乗って一階に下りる。

――エレベーターを出た途端、そっと恋人繋ぎされた。色々言葉が足りないくせに、隣に並んだら優しく指を絡めてくるとか、心臓に悪い。

エグゼクティブフロアは別の階だけど、お支払いはどうするのかな。先に会計を済ませていたのか、あとでまとめて請求されるのか。

「あの、私の分のお支払いはどうすれば」

いくらになるか想像したくない。手持ちでは絶対足りないから、カードを使うしかない。覚悟を決めて問いかけると、環先生は不思議そうに私を見て――ちょっとだけ意地悪く笑った。

「デートだと期待させた慰謝料だと思ってくれればいい」

……意外に性格が悪い。

「なら、慰謝料をいただいたので、このあとは割り勘ですからね？」

私が念を押すと、環先生は聞こえないふりをしている。……払わせない気だ……！

「先生。返事してください」

「悪い。俺、聞きたくないことには反応しないことにしてる」

仕事では真面目すぎる人なのに、環先生は、プライベートだとわりと我儘《わがまま》らしい。

何とかしてこのあとは割り勘に持って行きたいと考えていると、声をかけられる。

「車を回してくるから、君は一階のラウンジで待っていてくれ」

「あ、はい」

「着いたら電話する」

こんな高級ホテルなら、お車担当みたいな人――車寄せから駐車場まで車を移動してくれる人がいるんじゃないかなあと思って見ていたら、ホテルの従業員がにこやかにお辞儀して環先生をお見送りしている。会計しないはずだ……あれは常連だ。

まあ、お医者様だし。篠宮家の御曹司だし。

初めて目《ま》の当たりにするセレブな世界に圧倒されつつ、私はラウンジの隅で環先生からの連絡を待った。

それにしても――土日は完全休日な医師というのは、本当に珍しいものだと思う。

大学時代のバイト先の医師は、時間外でも急患を受け付けていたから、診療所はとても忙しかった。それに対し、役割分担がされている篠宮総合病院は、医療機関としてはとんでもなくホワイトな職場だろう。つまり、それだけの人材を雇える資金力があるということだ。

環先生を待つ間、今更ながらにそんなことを考えていたら、手の中のスマホが震えた。

『着いた──御園？』

私の名を呼ぶ彼の声は、電話越しでも色っぽい。

……小児科医がそんなに色っぽくてどうするんですか。

「すみません、考え事をしていました。すぐ行きます」

私がエントランスホールを歩くと、ホテルのドアマンがガラス扉を開けてくれた。

ありがとうございます、とお礼を言って外に出る。

そのまま、車寄せに停まっていた環先生の車に駆け寄るが、そこで後部座席に座るか助手席に座るか悩んでしまう。すると、助手席のドアが自動で開いた。

「暑いだろ。早く乗りなさい」

素っ気ない口調だけど、気遣ってくれているのがわかるから、私は「はい」と頷いた。

見るからに高そうな車に躊躇《ためら》いつつシートベルトを締める。

「ありがとうございます」

「何が？」

「勉強のつもりだったのに、デートに付き合ってくれて」

急なプラン変更なのに、環先生は全然文句を言わなかった。その上、私の無茶振りに近いお願いまで聞いてくれている。

「先に意思疎通を怠《おこた》ったのは俺だからな。君はそういうところを指摘してくれるから助かる。ありがとう」

お礼を言ったら、逆にお礼を言われて、私は思わず笑った。これだから、環先生は育ちがよくて可愛い。

「何がおかしい?」

「おかしくなくても人は笑うんです」

――好ましく思っている人の、ちょっと可愛い一面を再確認した時とか。

それは口に出さず、もう一度笑った私に、環先生は不思議そうに首を傾げつつも、ギアを入れ直した。

急に優しくされたり甘くされたりで、ドキドキしたり緊張したりしていたけど、あまり深く考えすぎないことにした。

だって、緊張し続けるより、初めてのデートを楽しんだ方がいいから。

＊＊＊

向かう先は、篠宮が所有している果樹園。あそこには、温室栽培の果物が色々あったはずだ。

果樹園の管理者に、今が旬の果物を確認したら、マスカットやラズベリー、それから桃がお勧めだと言われた。

手入れは午前中に終わっているそうで、自由に「果物狩り」をしていいらしい。

苺はないがラズベリーならある、と聞いたので御園に確認してみた。

「ちなみにマスカットは皮も食べられるそうだ」

「桃をここで食べるのは、ちょっと面倒ですよね……」

少し落ち込んでいるので、桃が好きなのかもしれない。

「なら、マスカットやラズベリーはここで食べて、桃は持ち帰るか？」

「はい！」

その提案に、ぱっと顔を輝かせた御園を見て、桃が好物らしいと記憶する。

基本的にここは一般開放していないから、俺達の他に果物狩りをする客はいない。

もう一度管理者に電話して、桃を少し持ち帰りたいことを伝えてから、ラズベリーとマスカットの栽培スペースに向かう。

「ここからだと、近いのはマスカットの方か」

園内の栽培配置図の立て看板を見ていると、御園が微妙に嬉しそうだ。マスカットも好きなのか。

「いいえ。マスカットは高いんです。駄目です。ここでいただくのも、一房って決めてます……！」

「持って帰るか？」

そこまで悲壮な表情にならなくてもいいと思う。

「だって桃の代金と、マスカットとラズベリーを食べる分を考えると、私の今日の持ち合わせではなかなかに厳しいんです」

カードは使えませんよね？　と真顔で聞いてくる。

「……うちで経営してるんだし、金はいらないんじゃないか？」

「それは公私混同です。公私混同は嫌いでしょうと対価は払わないと」

環先生は、公私混同は嫌いでしょうと言われ、それもそうかと思い直す。

「なら、ここの支払いは俺がする。デートの金は男が出すものだと思う」

「私は割り勘派なんです」

「言いたくないが、俺と君とでは収入が違うだろう」

社会人になったばかりの彼女の収入は知らないが、俺は新米だが医師で、しかも勤務先が実家なので、かなり収入は高い方だと思う。俺の年収を知った数少ない友人に、笑顔で「恵まれすぎてて罵《のの》りたい」と言われたくらいだ。

「ムカつくけれど事実なので否定しません。ただ、待ち合わせ場所は慰謝料ってことになりましたけど、せめてこのあとは割り勘にさせてくださいと、さっきお願いしたつもりなんですが」

「待ち合わせ……ああ、サロンか。あそこはそんなに高くない」

勉強をするつもりだったから、半日貸し切りにしていたが、五十万はいかなかったと思う。

「君、奢《おご》られるのは嫌いなのか？」

「嫌いとかじゃなくて、自分でできることは自分でしたいというか」

「よくわからないが、君がそうしたいなら」

奢《おご》られて当然という女性とばかり付き合ってきたわけじゃないが、こう頑《かたく》なに「奢《おご》られたくない」という態度を取られると、何だか淋しいというか侘《わび》しい。

一応、交際しているはずなのに、きっちり線を引かれて「ここから先は入るな」と拒否されている気がする。

とはいえ、彼女の気持ちを無視して「奢《おご》る」と強制する気もない。だから、御園の言葉に押し負けたことにすると、彼女は安心したように微笑んだ。

……この顔が見られたということは、俺の判断は間違っていなかったのだろう。

本当は、もっと甘えてほしいんだが、俺は甘やかし方がわからない。

「すごい！　甘い！」

ラズベリーを一粒口に入れた途端、御園がはしゃいだ声を出す。

表情は平静を装《よそお》っているが、口調が完全に浮かれている。さっきまではマスカットに陶然《とうぜん》としていた。

「栄養価だけじゃなく、味もよくないと、食の細い患者は食べないからな」

「そこで病人食だからと納得するのが環先生ですね……」

「君が嬉しそうにしているのを見るのも楽しい」

「取ってつけたように、フォローしなくてもいいです」

本心なんだが……

彼女は俺の気持ちを、未だに「お試し」だと思い込んでいる。

最初に「確認の為に」と交際を申し込んだのは俺だから、自業自得《じごうじとく》かもしれないが。

恋愛の機微《きび》がわからないとはいえ、きちんと「好意はある」と言ったつもりだが、もっと「好き」ということを態度や言葉で伝えないと彼女は理解しないのかもしれない。

「御園」

「はい。あ、環先生も食べますよね、どうぞ」

どれが大きいかなあと呟きながら、御園はとりわけ色艶《いろつや》の綺麗な一粒を選んで、俺に手渡してくれる。

「ありがとう。――じゃなくて」

「一生懸命選んだんですが」

「それはありがとう。だから、そのことじゃなくてだな」

「はあ……？」

　きょとんとしているというより、「何が言いたいのかな」的な視線を向けてくる彼女と並んで歩きながら、俺は考え考え、言葉を探す。

「俺は、前にも言った通り、君のことが好きだ」

「でも、恋愛かどうかは、わからないんですよね？　まあ、環先生の恋愛観って、ちょっとズレてるなーと思いますし」

「それは、多少自覚があるが……」

　そう答えながら、無意識に、御園の口へラズベリーを押し込んだ。唇に指が触れた瞬間、彼女は困惑したように俺を見上げ、ぷつりとラズベリーを噛んだ。

「……急にこういう……恋人っぽいことをされると戸惑うんですけど」

「恋人だろう？」

「お試し期間です」

　力強く言われて、何となく笑った。

「答えが出るまでの『確認』だから、俺はもう終わった」

赤い果汁に濡れた唇は、誘っているのかと思うくらい蠱惑的《こわくてき》だ。

「……え」

「さっき、君に触れたいと思った。そこまでは自分でわかってる。そのあとの行動は、完全に無意識だ。つまり俺は、無意識に君に触れるくらいには君が好きだ」

「そんなこと説明されても……ほんと、環先生は恋愛に不向きといいますか」

「……」

呆れたように言う君だって、恋愛経験が豊富には見えないんだが。

「だけど私は、そういう環先生が嫌いじゃないので……えっと、できれば正式に」

微かに開いた御園の唇がひどく艶《なま》めかしく見えて、気づけばキスをしていた。それに、その先を彼女に言わせたくなかったというのもある。

唇を塞《ふさ》いだ瞬間、大きく見開かれた瞳が綺麗で、印象的だった。

「……いきなり、そういうことしないでください」

触れるだけでもなく、かといって深くもないキスを終えて離れる。怒るかと思った御園は、呆れたように俺を窘《たしな》めるだけだった。

「その先は俺から言いたい」

「嫌われますよ、こんなことしたら」

「でも君は怒ってないし、嫌ってもいないだろう?」

何故か確信を持って告げた俺の言葉に、御園は諦めたように言った。

「仕方ないでしょう。私、環先生のこと好きですから」

「……先に言うなと言ってるのに。――正式に、君と付き合いたい。結婚前提で」

せき立てられるようにそう言った俺は、もう一度御園に口づけた。駄目だ、一度触れたら歯止めが利かない。自分でも驚くぐらい、いつの間にかこんなにも俺は御園に惹かれている。

――違う、いつからかは、わかっている。御園が、俺の為に怒った時だ。

異動の打診をされた際、御園は事務長に、俺の専属が務まらない程度なら祖父の専属にはできないと言われたらしい。それ自体は、ごく当たり前のことなのに、彼女は俺を軽く見ていると言って、怒ってくれた。

俺は自分が祖父と比べられるレベルにないとわかっているが、御園が怒ってくれたことは――とても嬉しかった。

今まで周りからは「何の努力もしなくていい人生」と言われてきたが、御園が、俺なりの努力を見てくれていたということが堪《たま》らなく嬉しかったのだ。

元々、彼女に対してあった好意が、それを切っ掛けとして一気に恋愛感情に傾いたんだと思う。

「俺は、俺をちゃんと見てくれる御園が好きだし、結婚したい」

そう言ってまたキスした。

――顔がいいからって同意もなくこういうことしたら嫌われますからね、と叱《しか》られるまでキスを繰り返す。

俺にとっての交際は、結婚を前提にしたものだから、「付き合う」ことに対して警戒心が強くなるのは当然だろう。

だから、結婚しない相手なら、交際するだけ無駄だし、そこに至る恋愛も俺の人生には必要のない無意味なものだと思っていた。

――過去の俺は、どうしようもない馬鹿だったと思う。

本当に好きになったら、そんなことを考える余裕はない。

というか、絶対に手放したくない相手だから、確実に自分の――自分だけのものにしたくて結婚するんだと、俺は初めて理解した。

「……御園」

繰り返すキスの合間に、低く囁《ささや》くと、びくっと体を震わせる。

「すまない。驚かせたか」

「驚きましたけど、そうじゃなくて……その声で耳元で囁《ささや》かれるのは、私的に駄目なんです」

早口で言いながら真っ赤になっている彼女に、問いかける。

「俺の声？　生理的に合わないならすまな……」

「そうじゃなくて、好みすぎて駄目なんですよ！」

御園は、俺の声が嫌いじゃなくて、好きすぎるから駄目――そうか、覚えておこう。

「明日」

「はい？」

「明日も空《あ》けてくれないか。――うちに、一緒に来てほしい」

「うち……？」

「実家。結婚を前提に付き合ってるって、家族に君を紹介したい」

「色々すっ飛ばしすぎじゃないですか⁉」

キスでとろんとしていた御園の瞳に、理性の光が戻る。蕩《とろ》けた顔も可愛かったが、理知的な表情はまた違った魅力がある。

驚きと呆れを含んだ今の顔は――うん、可愛い。普段、無表情な彼女のこんな顔が見られるなんて、新鮮だし余計に惹かれる。

「そもそも私、結婚なんてまだ……」

「そうか。なら、大瀬には『御園は俺とは遊びだったらしい』と報告するしかないな。最初に結婚前提の検証交際だと伝えていたはずだし」

「脅迫ですよそれ！　……結婚……結婚と言われても」

うう、と頭を抱えた御園の髪を、そっと直してやる。白い項《うなじ》に後れ毛が零《こぼ》れているのが、何とも悩ましく目に毒だ。

「別に今すぐ結婚しようとは言わない。ただ、俺はそのつもりだから、家族に紹介したいだけで」

「私も、環先生と遊びで付き合おうなんて、思ってませんけど……」

「――うちに来たら、じいさまに会えるぞ？」

開き直ろう。御園の初恋の人が祖父だと言うなら、それすら利用させてもらう。どんなにみっともなくても、俺は御園を手に入れたい。

「行きます」

即答した御園に、手段は間違っていなかったと思う。

……祖父より俺を好きになってもらえるかどうかは、これからの俺の努力次第だろう。

＊　＊　＊

――昨日の初デートで、正式な交際が決まった挙げ句、家族に紹介したいと言われた。

篠宮家にお伺《うかが》いするので、今日の装《よそお》いはワンピースにした。

さすがに舞梨にも相談できなくて、手持ちの服の中から一番「きちんとしている」ものを選んでみた。ミントカラーのシンプルなデザインだから、季節的にも問題ないはず。

環先生は家まで迎えに来てくれると言ったけれど、ご近所の目も気になるので、私が環先生の住む職員寮まで行くことにした。

職員寮の近くで環先生に電話したら、すでに車で待っててくれていたらしく、すぐに昨日と同じ車がやって来た。他の職員さんには、まだ知られたくないので急いで助手席に乗り込む。

「……そんなに畏《かしこ》まらなくてもいい」

私がワンピースに皺《しわ》がつかないよう気をつけて座り直していると、環先生が苦笑した。

「両親も祖父母も放任主義だから、挨拶《あいさつ》くらいで終わると思う」

「……お兄さん、お姉さんも、同席するのでは？」

私が最大の懸念を口にすると、環先生は途端に眉をひそめた。

「あの人達はな……俺にだけ、何故か異常なくらい過保護なんだ、昔から」

溜息まじりに言いながら、環先生はなめらかな運転を続けている。

「車だって、俺はこんな目立つのは嫌なんだが」

免許を取って車を買うことになり、小回りの利くコンパクトカーのカタログを吟味《ぎんみ》していたら、お兄さん達が血相《けっそう》を変えて「事故にでも遭ったらどうする！　頑丈な車にしなさい！」と、大きな車を選んできたそうだ。

自分のお金で買うのに、一方的に押し付けられた環先生は、ささやかな反抗として、以来十年、買い換えずにいるという。

「そしたら今度は、いい加減新しいのを買いなさい、何だったら買ってあげるから、だ」

どうせまた頑丈な外国車か国産の超高級車を押し付ける気だろうとぼやいている。

私は通勤に必要ないから免許は持ってない。けれど、どうせ乗るなら自分の好きなものを買いたいと思う。買ってあげると言われても、趣味に合わないものを押し付けられるのは嫌だから、環先生の気持ちはわかる。

とはいえ、弟を心配するお兄さん達の気持ちもわからなくはない。

「環先生が気をつけていても、もらい事故の可能性はゼロじゃないです。居眠り運転の対向車を、完璧に安全に避けるドライビングテクニックをお持ちと言うなら別ですが」

「至って平凡な技術しかない。――そうか、そういう心配をされていたのか。ちゃんと言ってくれればいいのに」

環先生は納得したように呟いたあと、私に言った。

「君は理由をきちんと説明してくれるから、理解しやすくて助かる。――両親も兄姉《きょうだい》も、過程を省略して結論だけ言うことが多いんだ」

ああ……頭のいい人がよくやる「説明しなくてもわかる」を前提とした会話ですね。

でも、環先生だって、どこに出しても恥ずかしくない学歴をお持ちなのに、そんな彼が理解しづらいというのは不思議議だ。

「環先生は、理由が必要なタイプですか？」

「必要というか――情報は多い方がいい。文系だからかな、データから組み立てていくより、資料を直接当たる方が好きなんだ」

だけど、と溜息をつく環先生。

「篠宮の人間が医師にならないわけにはいかないし。その場合、理系は必須だろう」

それで、仕方なくお勉強なさったそうだ。その「仕方なく」で日本で最高難易度と言われる学部に現役合格して、医師国家試験をあっさりパスしてるんだから、元々の地頭がいいんだろうな。

「……お医者さんになるのは嫌だったんですか？」

「嫌じゃない。それしか選択肢がなかったのは事実でも、立派な仕事だと思ってる。俺は祖父を尊敬してるしな」

ただ……と、環先生が決まり悪そうに言葉を継いだ。

「……祖父は医師だが、医師が皆、祖父というわけじゃないってことに気づくのには、時間がかかったかもしれない」

「……環先生？」

どこか、自分を否定するような口調。それに気づいて呼びかけると、環先生は「話は変わるが」と露骨に話題を変えた。

「呼び方。変えないか」

「呼び方……環先生の呼び方を、変えろということですか？」

「今はプライベートだ。君と俺は、交際中だろ？」

しかも昨日から「結婚前提の交際」にランクアップしている。なら、呼び方も変えるべきだろう、という環先生の提案はもっともではある、が……

「慣れないので。環先生のままでお願いします」

「俺は公私の区別を付けたいから、名前で呼びたい」

「それは、環先生のお好きにどうぞ」

御園と呼ばれようが、舞桜と呼ばれようが――彼の声で呼ばれたらドキドキしてしまうんだから、どっちでも大差はない。

その時は、そう思って了解したけれど。

「じゃあ、舞桜。うちの家族に、お試し交際だったとか、言わなくていいから」

――名前で呼ばれた瞬間、心臓が痛いくらいドキドキして、返事ができなかった。

名字と名前で、こんなにも破壊力が違うなんて、知らなかった。

＊　＊　＊

篠宮家本家は、大きな平屋の日本家屋。

今日は正門が開け放たれていて、そこから見えるのは綺麗に手入れされたお庭。そのあまりの広さに圧倒されているうちに、環先生の車は通用口から敷地内に入った。

……武家屋敷だ、これは。

車から降りながら、私はそう思った。

そして、もう一度自分の服装、その他を再確認する。

ワンピースの色は問題ないし、スカートの丈はちゃんと膝下。パンプスもヒールのあまり高くないものを選んでいる。

そろそろ切ろうかと思う程度に伸びた髪は、ハーフアップにしていた。美容院に行く余裕はなかったから、諦めるしかない。大切なのは清潔感だと自分を納得させる。アクセサリー類は付けていない。

もちろん、メイクもネットを参考にして頑張った。

――これからご挨拶《あいさつ》する中には、晃先生もいらっしゃるのだし！

もう少し綺麗にできれば――そして環先生とコーディネートを合わせられればよかったけれど、環先生のフォーマルに合わせた服なんて手が出ない。

ちなみに環先生は、オレンジ系統のシャツとネイビーのカジュアルスーツだ。休日だからか、ネクタイはしていない。派手な色合いの組み合わせなのに、何故こうも自然に似合うのか……！

本人に聞いたら、店員に適当に選んでもらったそうで、服装にこだわりはないらしい。まあ、プロにお任せすれば間違いはないし、この容姿とスタイルなら、どんなものでも着こなせるだろうから羨《うらや》ましい。

「玄関まで少し歩くけど、足元がちょっと悪いから」

そう言って、環先生が私の手を取って支えてくれる。綺麗な玉砂利の敷き詰められた上に飛び石が続いているから、パンプスだと歩きづらい。

それにしても、車から玄関まで結構歩く家なんて初めてだ。

駐車スペースを抜けると、隅々まで手入れされた日本庭園に出た。芝の間を、美しく磨かれた敷石の道が通っている。

おそらく計算されて植えられているのだろう樹木は、景観を維持しつつ、絶妙にお屋敷が見えないように配置されていた。

――個人宅の庭に、橋を渡した大きな池まであるのには、さすがというか……溜息しか出ない。

ようやく辿《たど》り着いた玄関を開け、環先生が「ただいま」と言った途端。

揃いの和服を着た女性達が「お帰りなさいませ」と頭を下げて出迎える。時代劇でしか見たことのない光景に、思わず腰が引けた。環先生はその様子に頓着《とんちゃく》せず、すたすたと奥へ進んで行ってしまうから、私も頭を下げつつ彼のあとを追う。

庭に面した窓から入る陽光を受けながら、艶《つや》やかな寄せ木細工《ざいく》の廊下をしばらく歩く。環先生が足を止めたのは、立派な木の引き戸の前だった。

「環です。入ります」

——何十畳あるんだろう。

促《うなが》されて入った部屋は広いお座敷だった。

畳の上に置かれた座卓と座椅子は、一瞬テーブルセットと見紛《みまご》うような洋風の造りをしている。

このお家、外観は見事な武家屋敷だけれど、家の中はその正反対といえるくらい洋風かつ雅《みや》びやかだ。和洋折衷《わようせっちゅう》というのか、室内の造りは何となく明治時代の建物みたいなイメージを持つ。

床《とこ》の間《ま》には掛け軸が飾られ、夏らしい涼しげな花が生けられていた。その近くの上座に、晃先生と奥様、それから環先生のご両親が座っている。

そしてもう一人、晃先生ご夫妻に次ぐ位置に、初めて見る女性が同席していた。

院長夫人と環先生のお母様が和服なのに対し、四十代くらいに見えるその女性は、明るい黄色のサンドレスを上品に着こなしている。

私は環先生に促《うなが》されるまま、彼の隣の席に座らせていただいた。私に程よい高さの座椅子は、環先生の長い脚には窮屈《きゅうくつ》だろうに、姿勢良く座っている。

「一応、紹介だけ。――こちらは御園舞桜さん。先日、交際を始めたばかりです。結婚については、まだ詳しく話してはいませんが」

「御園舞桜と申します」

……それ以上何を言えばいいのかわからない私に、院長夫人である環先生のおばあさまが、優しく声をかけてくれた。

「可愛らしいお名前ね。あなたによく似合っていること」

「ありがとうございます」

「よかったら、一緒にどう？ 晃さんの好きな豆大福なの」

「母さん……若い女性に豆大福って……他にも何かあるでしょう。こっちのゼリーとか」

額《ひたい》を押さえたのは、環先生のお父様だと思う。お父様のお気遣いは嬉しいけれど、私はぜひ、晃先生の好物という豆大福をいただきたい。

そう言ってしまっていいのだろうか。

「――舞桜はじいさまが初恋だから、じいさまの好物なら喜びますよ」

ちょっと拗《す》ねた口調の環先生に、皆さんが「あら」という顔になった。

「御園さん――舞桜さんは、晃さんのことがお好きなの？」

「あの、いえ、好きとかそんな畏《おそ》れ多いことではなく……尊敬しているんです」

初恋だけど！　どうして今ここでそんなこと言うかな、環先生は！

動揺を押し隠して、何とか笑顔で答えた私に、おばあさまがにこにこ笑っている。

「そうなのね。ええ、晃さんはとっても素敵だもの。こんな若いお嬢さんに好かれているなんて、ふふ、妻として鼻が高いわ」

食べて食べてと、おばあさまが嬉しそうに豆大福とお茶を勧めてくださったので、緊張しつついただいた。

「ね、おいしいでしょう？」

「はい」

自慢げに聞いてくるおばあさまに私が頷いている間、晃先生は、腕を組み黙って目を閉じていた。何か考え事をしているように見える。

「ふーん。で、結婚前提ってことは、彼女、もう妊娠してるの？」

今まで黙っていたサンドレスの女性が自然な口調で問いかけてきた内容に、思わず咳《せ》き込む。対する環先生は、真面目に答えた。

「いえ。告白して交際の了解をもらっただけです」

「ちょっと環。体の相性は大事よ？　さっさと確かめなさいよね」

まったく取り繕《つくろ》わずに言葉を重ねる女性に、環先生は少し首を傾げた。

「大事ですか、それ」

「でなきゃ子供作れないじゃない」

「俺は跡取りではないので」

「やあよ。兄さんの孫達の中で、あんたが一番綺麗な顔なんだもの。私好みの可愛い子供を、早く見せてよ」

優雅な手つきでお茶を飲みながら、女性があけすけに言った。さりげなく環先生のご兄姉達《きょうだい》を否定しているような気がしなくはない。

「で、御園舞桜サン？　お顔を見せてくれる？」

すいっと立ち上がり、その女性が下座に座っていた私に近づき——品定めするようにじっと顔を凝視してくる。

迫力美人だなと思っていたら、猫のような目が楽しそうに細められた。

「ん、合格。環の遺伝子を邪魔しそうにない、自己主張のない整い方だわ」

「……梓《あずさ》さん……」

頭を抱えた環先生に続いて、晃先生達も溜息を漏らす。

が、女性の言うことはもっともだと思った。せっかくの環先生の綺麗なお顔だ。子供に遺伝させたいと願うのは、とてもよくわかる。

「……梓」

コホンと咳払いした晃先生が、窘《たしな》めるように女性――梓さんの名を呼んだ。すると、彼女は叱《しか》られた子供みたいに、小さく舌を見せて「はぁい」と返事をする。

「すまないね、舞桜ちゃん。悪気はないと思うが、どうにも環に甘いせいか、連れて来る女性にきつくてね。気を悪くしないでくれるかな」

私に語りかけてくる晃先生の声は、昔と全然変わっていなかった。

不思議と安心させてくれる、優しい声。

「あら。兄さん、初対面なのに馴れ馴れしくない？」

「初対面じゃないからな。――思い出したよ、あれから十年以上経ったかな？　元気そうでよかった」

優しく目を細めた晃先生はやっぱり素敵だ。

環先生との交際だけでなく、結婚だの子供だのと色々言われたあとだし、晃先生の専属という異動の打診を断ってしまったとか、様々なことが頭を駆け巡《めぐ》るけど――

私だけが一方的に覚えていたのではなくて、晃先生も私を覚えていてくれた。そのことに、ものすごく舞い上がっていた私は……

環先生が一瞬、ぽかんと私を見て――そのあと、信じられないといった様子で口元を押さえた理由がわからなかった。

＊＊＊

俺には、臨床医《りんしょうい》を目指す切っ掛けになった女の子がいる。

十年以上前に病院で見かけただけの、名前も知らない子だ。

別にその子に恋心を抱いていたわけではない。当時高校生だった俺にとって、小学生は恋愛対象にはなり得ないからだ。

なり得ないはずが――その女の子が舞桜だったと知って、少なからず衝撃を受けていた。

十二年前。

当時高校生だった俺は、兄達に倣《なら》って進路を医学部に決め、時々、病院に祖父を訪ねていた。

医師としての適性以前に、自分が何科に向いているかわからなかったから、院長室に豊富にある医学書を読ませてもらっていた。

祖父のような、天賦《てんぷ》の才は俺にはない。

だから祖父と同じ心臓外科という命に直結する手術を行う科に行く勇気はなく、年の離れた兄姉《きょうだい》達が選んだ診療科と被らない分野を探すという、消去法的な進路選びだった。

その日も、祖父が不在なのをいいことに、院長室で絶版となった貴重な本を読ませてもらっていたが、喉が渇いて売店に行った。

途中、たまたま小児科の前を通った俺は――十歳くらいの女の子と、母親らしい二人連れを見かけた。

そこに、何故か祖父がいて、その子に屈《かが》み込んで話しかけている。珍しいと思って、俺は何となくその様子を眺めていた。

会話の内容までは聞こえなかったが、最初は不安そうに母親の手をぎゅっと握っていた女の子が、祖父の話を聞くうちに少しずつ明るい顔になって――ぺこりと頭を下げた。

祖父がその頭をぽんぽんと撫でると、照れたように、嬉しそうに笑う。

隣で頭を下げている母親を見て、祖父があの子を治療したのだとわかった。

院長であり、専門である心臓外科の手術も多数抱えていた祖父が、わざわざ診察するくらいだから、珍しい症例だったのかもしれない。

だからその日の夜、祖父に直接聞いた。

『じいさま。今日、小児科で診察してたか？』

何気なく問いかけた俺に、夕食を共にしていた祖母がそっと視線で合図を送ってきた。

――刺激するなと。

何故か祖父は、俺が見たこともないくらい怒っていた。

『環』

『はい』

『お前は、間違うんじゃないぞ。治験《ちけん》も含めて、病気を治すことが医師の務めだ。だが、病気を治すのではなく研究がしたいのであれば、そちらの道に進みなさい』

深く重い口調で言われ、俺は頷くと同時に察した。

あの子は珍しい症例で、たぶん……新しい薬や治療法の研究対象にされていたのかもしれない。

治験《ちけん》という、新薬の処方や新しい治療法を患者の同意を得て行う試験があるが、その手続きをせず、独断で進める医者がたまにいる。完全に問題となる行為なのだが、研究熱心なタイプほど、この手のことをやらかす。

そういう医者の行為を、祖父はとても嫌っていた。

研究がしたいなら学者になればいい、と。病院に来る患者はただ、病気を治してもらいたいのだから、と。

祖父の様子からして、あの子が本人の同意なしに治験《ちけん》患者にされていたのを、何らかの切っ掛けで祖父が知り、激怒中ということのようだ。

俺は、祖父に言われた言葉について、考えてみる。

臨床《りんしょう》と研究なら、俺に向いているのはたぶん研究の方だ。俺はあまり人付き合いが得意ではないから、患者と直接話して診察する臨床医《りんしょうい》は向いていない。だったら、院に進んで博士号を取り、研究の道に進むのもいいかと思っていた。

研究でも、成果さえ出せれば人を救える。極端な話、一人一人に合わせた治療を行うより、癌《がん》の特効薬を作れたら、その方がより多くの人を救うことができるのだ。

医師になる道しかないなら、せめて自分の好きな研究に進もうと思っていた。だけど――

『……医師になりたい。ちゃんと患者と向き合える医師に』

俺が答えると、祖父は「そうか」と呟いたきり、黙々と食事を再開した。

その時、初めて心から「医師になりたい」と思った――祖父のような、患者と向き合える医師に。俺にそう思わせたのは、祖父とあの女の子の間に感じた、確かな信頼と安堵だろう。

この先生なら、と真っ直ぐに信頼を寄せる患者と、絶対にこの患者を治すという強い意志を感じさせた祖父の姿。

それは、俺が漠然と抱いていた「医師と患者の理想形」そのものだった。

――だから、俺は祖父のような医師になりたいと思ったのだ。

俺の隣で、祖父にキラキラした瞳を向けている舞桜を見ながら、俺は嫉妬と共に、何とも言えない気持ちを覚えて、戸惑った。

あの時、俺に医師になることを決意させた子は確かに特別だ。だけどまさかその子に――知らず再会して、いつの間にか惹かれて、結婚したいとまで思うほど焦《こ》がれていたなんて。

なのにその子は、昔と同じく祖父へキラキラと嬉しそうな顔を向けている。俺ではなく、祖父に。

「……環？　どうしたの？　気分でも悪い？」

梓さんが心配そうに俺の顔を覗《のぞ》き込んできたので、「平気」と答えた。それでも、両親や祖父母、舞桜までが、俺を案ずるような視線を向けている。

兄や姉ほどではないが、基本放任主義の両親も、やはり過保護なところがある。――が、舞桜までそれに染まらないでほしい。

「本当に大丈夫だから。少し、色々思い出しただけで」

気遣うように俺を見つめてくる舞桜に、安心させるように笑ってみせた。だが、妙に敏《さと》いところのある彼女は、俺の作り笑いに騙《だま》されてくれない。

「気分が悪いんですよね？　――あの、大変失礼なのですけれど」

帰っていいかと切り出しかけた舞桜を制する。自分の実家へ挨拶《あいさつ》に来て、そこまで彼女に気を遣わせるわけにはいかない。情けなさすぎる。

「ごめん。外の空気を吸いたいからもう帰る。――舞桜とのこと、認めてもらったと思っていいですか。認めてもらわなくても、俺は彼女と結婚するつもりですが」

確認すると、両親も祖父母も頷いた。少し驚いているようにも見える。

それはそうだろう。何もかも与えられ、自分で決める前に周囲に決められていた俺は、これまで自己主張らしいことを、ほとんどしたことがない。

時には交際相手すら決められていたくらいだし。

何せ、初めて見合いをさせられたのが、十四歳だ。

俺が逆らわないのをいいことに、そのあとも家族が決めた女性を紹介され続けた。そんなことを繰り返されれば、俺だって、交際なんかしたくなくなる。

いったい、どこの箱入り娘だ俺は。

大学の同期に言わせると、俺は「女性に関して、主体性がなさすぎる」らしい。

そうは言われても、どうせ付き合いも結婚も、家の許可が必要なことに変わりはないのだ。なら、最初から、許されている相手を選んだ方が楽に決まっている。

ずっとそう考えてきた俺が、初めて自分から交際したいと思ったのが舞桜だった。

「環がいいならそれでいいのよ。環の人生なんだから、口出しなんてしないわ」

「今まで散々口出ししてきたくせに、説得力ありませんよ、梓さん」

「だって今までは、あなたが付き合いたい子じゃなくて、あなたと付き合いたい子を連れて来てたんだもの。そりゃあ、対応は違うわよ」

——まったくの正論だった。

今まで家に連れて来て家族に紹介した相手と、舞桜との決定的な違い。

それを、梓さんは一言で言い当てた。

——舞桜は、初めて俺自身が望んだ存在だと。

「環」

舞桜を促《うなが》して帰ろうとする俺に、父が声をかけてくる。

「始達には誰が伝える……？」

「任せる」

あの超がつく過保護な兄姉《きょうだい》に、舞桜を晒《さら》したくはない。

即断した俺は、舞桜の腕を取って、さっさと部屋を出た。

玄関を出て、駐車スペースに向かっていると、舞桜の手が俺のシャツを軽く引っ張った。

「環先生」

呼びかけたあとに、どうしようかなという躊躇《ためら》いを見せる。

じっと俺を見る舞桜の視線は、素直で強い。

「ご挨拶《あいさつ》は、これで終わりですか？」

家族に舞桜を紹介し、無事、交際を許可された。

三十も近い男が、交際にいちいち家族の許可が必要というのもどうかと思うが。

「ああ、終わった」

手を繋いでいいものか悩んでいた俺に、舞桜が言った。

「じゃあ、環先生に聞きたいことがあるので、どこかでお茶でもしましょう」

笑顔で提案される。

――祖父に向けていた甘い笑みではなく、尋問官のような笑顔で。

＊　＊　＊

篠宮家の本家から車で三十分。環先生が「梓さん」と呼んでいた女性――晃先生の妹さんだそうだ――のお勧めだというティールームで、環先生は、二杯目のコーヒーを飲みながら言った。

「俺は君が好きだから、じいさまに頬を染める君を見るのは気に入らなかった」

「そうですか。さっき、梓さんから環先生の女性遍歴を伺《うかが》った私の気持ちも同じです」

軽く私を責める環先生に、私もきちんと反論しておいた。

「好きな人のことであっても、知りたくないことだってあるんです。私だって交際経験はありますが、それを環先生に報告するつもりはないですし。今まで何人ご実家に連れて行ったかなんて、教えてくれなくていいですからね」

「こう言うと、君は怒るかもしれないが」

前置きして、環先生は切れ長の目を私に向けた。

「――結婚してもいいかと思った女性はいたが、結婚したいと思った女性は舞桜しかいない」

「それはどういう意味ですか」

「家の為になるなら結婚してもいいかとか、そろそろ結婚しなきゃならないならこの人でもいいなとか」

「……環先生、それは本当に最低ですよ……」

「俺の人生に、恋愛はそれほど重要じゃなかったからな」

なら、どうして私に交際を申し込んだのかと思っていたら、環先生が難しい顔で考え込んでいる。

「だけどそんな俺が、君のことが気になったし、じいさまにときめいているのにムカついた。交際したら、もっと舞桜を知ることができると思ったのに、今も知らないことばかりだ」

「それはお互い様です。ずっと一緒にいる職場でも、環先生は私の仕事を全部は知らないし、私だって環先生の仕事の全部はわかりません」

医師とクラークだから——じゃなくて。

違う人間なんだから、知らないことばかりで当たり前なのだ。

「プライベートなんて、もっと知らないことばかりです」

「そう……だな。君の初恋がじいさまなことしか知らない」

……そこ、こだわるなあ……

「じゃあ私の秘密を教えます。私が環先生の字を読めるのは、たぶん、晃先生のおかげですよ」

「じいさま？」

ここでもかという顔をした環先生をスルーして、私は言葉を続けた。

「退院する時。お手紙をもらったんです。治療をよく頑張ったね、みたいな……そのお手紙、今も私の宝物です」

ずっとずっと大切にして、繰り返し読んでいる。

晃先生も少しばかり癖《くせ》字で、環先生の字とよく似ていた。だから私は環先生の「悪筆」をすらすらと読めたのだと思う。

それは私にとってはとても大切な思い出の、結構な秘密だったのだけども。

環先生が「始まりは全部じいさまか……」と溜息を漏らしたのを聞いて、自分が失敗したらしいことに気づいた。

――環先生に対してどうこう言えるほど、私も恋愛を経験してきていない。

だから私達の恋は、手探りで進むしかないのだ。

「えっと……しつこく確認しますけど、本当に本当に、私と結婚するつもりでお付き合いしてるんですか」

「何度でも答えるが、俺は交際するなら結婚前提という考え方だし、今までは何となく流されて付き合ってきたが、君に対しては違う。俺の方から告白したのも、付き合ってほしいと言ったのも、君だけだ」

……つまり、環先生が今まで口にしてきた「好き」は、恋愛的な意味だったということ？

「……あの、すごく思い上がった質問ですけど」

「何だ」

「私を……その、本気で好いてくれていると思っていいんですか」

「何度もそう言ったし、そうでないなら結婚したいなんて言わない」

「だ、だって、恋愛的に好きかどうかわからないって最初に言われたから！　そんな一回デートしたくらいで、いきなり恋愛的な好きになるなんて思わないし！　しかもいきなり結婚とか」

思わず大きな声になってしまった私に、環先生はさらっと言った。

「最初から恋愛的に好きだったんだ。でも俺はそういう感情を持ったことがなかったたから、気づかなかっただけで。キスした時に理解した。俺はめちゃくちゃにしたいくらい君が好きだ」

「めちゃくちゃに⁉」

何をされるんだ、私は。

「仕事中はお互い仕方ないが、プライベートでは俺のことしか考えられないようにしたい。できることなら、君の記憶から俺以外のことを全部消したい」

「そういう手術が本当にありそうで、怖いからやめてください……」

「物理的にそんなことをするつもりはない。あくまで君の意思で、俺だけを見てくれるようになってほしいし、そうなるように努力する」

「……先生？」

「ごめん。君といて気づいたんだが、俺はかなり独占欲が強くて嫉妬深くて、我儘《わがまま》みたいだ」

――そんなこと、無邪気な子供みたいな笑顔で言われても困ります。

5　苦い夜

窓の外は、しとしとと雨が降っている。そのせいか、金曜日だというのに患者さんも少ない。

大瀬さんが待合室のＤＶＤや絵本を入れ替えてくると診察室を出て行き、私は検査室から届いた結果を電子カルテに入力していた。

環先生はというと、手書きカルテに色々書き込んでいる。投薬の効果や、予後の所見を記録しておくことで、次回の診察時の参考にするのだろう。薬は体質によって効能が異なる。だから、一人一人に適したものを選ぶのは大変らしい。

たとえば、Ａという薬が合わなかった子は、Ｃという薬にも副作用が強く出る可能性があったりするようなのだ。

薬剤情報誌とにらめっこしながら所見や注意事項、禁薬などを書き込む環先生の隣で、入力が一区切りついた私が飲み物でも用意しようかと立ち上がる。

「御園」

環先生は、職場では私を名前では呼ばない。それは最低限のルールだと私も思う。

「はい？」

「今日、よければ夕食――うちで」

「……交際一ヶ月で、コトに及ぶのはちょっと」

咄嗟《とっさ》に警戒する私に、環先生はアホかと呆れた顔をした。

「夕食を作るから、君に味見をしてもらいたい」

「何故？」

「君の食の好みがわからないから、今後のデートプランが立てられない」

真面目に言って、環先生は私の手元に鍵を置いた。

「俺の部屋の鍵だ。君に渡すから、自由に使っていい」

「はあ」

何となく受け取ってから――これでもう、今日のデート確定したわ……と気づいた。

別にいいけど。料理の味見と言うなら、環先生の性格上、間違いないだろうし。

「食材とか買って行きます？」

「うちに一通り揃えてあるからいい。――もし、酒が飲みたいなら買ってくるといい。

俺は飲まないから」

飲んだら送れないしな、と言ったので、本当に夕食を振る舞ってくれるだけのつもり
らしい。

「わかりました」

せっかくだから、私も何か一品くらい作った方がいいか聞こうとした時。

「――先生！　急患です！」

大瀬さんが駆け込んできた。

「三杉衣梨奈《みすぎえりな》ちゃん、お昼過ぎに処方薬を服用後、気分増悪を訴え、二十分前から嘔吐《おうと》その他が続いているそうです。今は救急室に」

環先生は白衣を翻《ひるがえ》す勢いで走り出し、大瀬さんが「舞桜ちゃん、カルテ！」と叫んで続く。

私は急いで衣梨奈ちゃんのカルテをパソコンで呼び出し、環先生の手書きカルテの棚から彼女のカルテを探した。

小児喘息である衣梨奈ちゃんは五歳の女の子で、定期的に通院している。一昨日《おととい》来院して、いつもと同じ処方をされたはずだ。

私は電子カルテから数回分の診察と処方を印刷し、手書きカルテに挟んだ。

それを抱えて救急室に走ると、衣梨奈ちゃんのお母さんが半狂乱で看護師さん達に訴えていた。

「何があったんですか⁉　いつものお薬を飲ませただけなのに！」

ベテランの看護師さん達が「今、検査をして、治療をしていますから」と宥《なだ》めつつ、私からカルテを受け取り、さっと目を走らせて首を傾げる。環先生の字は読めないとしても、電子カルテを出力した紙に、何かおかしな点があったのだろうか。

「――この時間だと入院か。君、すぐ病棟に連絡を」

小児科の杉山《すぎやま》科長が看護師さんに指示した時、衣梨奈ちゃんのお母さんを宥《なだ》めていた看護師さんが、薬の袋を見て悲鳴に近い声を上げた。

「衣梨奈ちゃん、この薬を飲んだんですか⁉」

「え、だって、いつもの喘息のお薬……ですよね……？」

蒼白になった看護師さんに、衣梨奈ちゃんのお母さんが不安げに問い返す。その拍子《ひょうし》に、握り締めていた袋が床に落ちた。

足元の袋を拾おうと屈《かが》んだ私の目に、零《こぼ》れた薬が映る。

その薬には見覚えがあった。

――癲癇《てんかん》用の薬、だ。

声を失った私と落ちた薬を見て、看護師さんが「あとはこっちでやるから、今日は帰って」と硬い声で告げた。

それは、私に対する謹慎通告だった。

――私、処方された薬の入力を、間違えた……？

環先生がよく使う薬はきちんと調べて、頭に叩き込んでいたつもりだった。

薬剤には似た名前の物がたくさんあるから、入力の時も気をつけて、環先生にダブルチェックもしてもらっている。

——なのに、喘息の女の子に癲癇《てんかん》薬を出してしまうなんて！

あまりにひどいミスに、ぞっとする。

半ば機械的に着替えて——私は、自分の家ではなく環先生の部屋に向かった。

環先生は、衣梨奈ちゃんの容態次第では泊まり込みになるだろう。そのあと、投薬をミスした責任を問われて、処罰されるかもしれない。悪いのは、入力をミスした私なのに。

環先生に合わせる顔がない。

環先生に謝りたい。

彼への相反する気持ちと、衣梨奈ちゃんの無事を祈る気持ちで——環先生の部屋の前に蹲《うずくま》った。もらったばかりの鍵を使って部屋の中に入れるほど、強い精神は持っていない。

しとしとと降っていた雨が少しずつ強くなっていくのを、廊下のガラス越しに眺めながら、私はじっと環先生の帰りを待っていた。

＊　＊　＊

「――ひとまずは落ち着いたかな。明日には一般に移れそうだ。命に別状がなくてよかったよ」

ベッドに横たわる衣梨奈ちゃんの様子を診《み》ていた杉山先生が呟いた。

ほっとして、俺の体から力が抜けそうになる。が、そんなことは許されない。

「申し訳ありませ……」

「あ、いや。環くんを責めたわけじゃないよ。しかし……命に関わるレベルではなかったとはいえ、処方ミスとなると僕だけで止《とど》めておくことはできないから……」

院長に報告しなくてはならない。当然だ。

再度頭を下げた俺に、杉山先生も困っている。

院長の孫が処方ミスをしたなんて報告は、する方だって気が重いだろう。それがわかるから、罪悪感も強くなる。

同時に、小さな体で胃洗浄を繰り返されて、苦しそうにうなされている衣梨奈ちゃんに、申し訳ない気持ちが湧き上がる。だからこそ、許されてはならないと思う。

「三杉さんご夫妻には、僕の方から説明しておくから……今日はあちらも興奮なさってるし。落ち着いた頃に、謝罪に伺《うかが》うということでいいかな」

「――今、謝罪は……」

「やめた方がいい。お母さんの方が、特に興奮されててね。自分が薬を飲ませたせいだという自責が強くて、気持ちが不安定だし、そこに君が顔を見せたら……」

――他害の可能性が高いということか。

俺は殴られても蹴られても当然だと思っているが――院内での暴力沙汰は避けたい杉山先生の気持ちもわかる。

「……それと、これは君のクラークにも伝えてあるが。処分が決まるまでは」

「わかっています」

自宅謹慎だろう。それだけで済むわけもないが。

「衣梨奈ちゃんのこと、お願いします」

もう一度頭を下げると、杉山先生は頷いた。

「今までの診療について、あとで詳しく聞くかもしれないから」

「はい」

俺は懲罰会議だろうが――舞桜が懲戒処分にならないよう、何とかできないかと考える。彼女は、俺の指示通りに入力しただけだ。

だけどそれは、公私混同。俺のエゴかもしれない。

――何が正しいのか、間違っていたのかわからない。惰性で仕事をしていたつもりはないのに、こんな大きな――命に関わりかねないミスをするなんて。

祖父は、今まで一度も手術でミスをしたことがなかった。投薬すらまともにできない俺は、医師になってはいけなかったのかもしれない。

深夜だからか、マンションのエントランスに人影はない。エレベーターに乗り、最上階に向かう。

誰にも会いたくないという願いが叶ったのか、エレベーターに乗り込んでくる人はいなかった。

ここにきて、少なくとも家族には今日あったことを伝えておかなくてはと、スマホを取り出し簡潔に経緯を入力しているうちに最上階に着いた。

エレベーターホールの前で送信を済ませ、そのままスマホの電源を落とす。そうして、廊下の突き当たりにある部屋に向かうと――

ドアの前に、小さく蹲《うずくま》っている人影が見える。

それが舞桜だと、すぐに気づいた。

「舞桜」

俺の声に顔を上げた彼女の瞳は、濡れてはいなかった。けれど、泣いたであろうことはわかる。少し、目が腫《は》れていた。

「中で待ってればよかったのに」

夏とはいえ、雨が降っているせいか少し肌寒い。舞桜が家に帰されてから、すでに六時間以上経っている。その間、ずっとここに座り込んでいたなら体が冷えているはずだ。

「……鍵。私が使っても、いいのかなと思って」

「……そうだな。俺も、君をここに入れる資格はない気がする」

舞桜が、だけど、と呟いた。

「一人に、なりたくなくて」

そう言って、舞桜は顔を伏せた。

「ああ」

プログレッシブシリンダーを解錠すると、自動的に玄関灯が点《つ》いた。仄暗《ほのぐら》い明かりの中、入ることを躊躇《ためら》う舞桜の手を取った。

……一人になりたくないのは、俺も同じだ。

言葉にしなかった答えを察したのか、舞桜は俺に続いて室内に入った。廊下にあるパネルを操作して、風呂の支度をする。

「すぐ沸くから、まずは風呂に入りなさい。冷えただろ」

「……衣梨奈ちゃんは」

不安げに問う彼女に、できるだけ安心させる口調を心がけて答えた。

「今は落ち着いてる。明日……もう今日か。一般に移せるだろうって、杉山先生が」

「よかっ……」

玄関にへたり込みかけた舞桜の腕を取って、スカートの砂埃《すなぼこり》を払ってやる。

「で、俺も君も謹慎だ」

「……それは、はい。当然です」

こくりと頷いて、舞桜は俺に問いを重ねた。

「でも謝罪は……」

「あちらが落ち着いてからにするよう言われてる。……実際、俺が親なら、殴っても気が済まない」

リビングに舞桜を連れて行きながら、俺は今後について考えた。

──医療ミスは、病院の評判に直結する。俺だけの問題では済まされない。

俺自身は、退職するつもりでいる。

その場合、依願退職ではなく、懲戒解雇になるようにしなければ。

──こんなミスをする人間が、今後、医療に関わってはいけない。

そんなことを考えていると、ソファに座らせた舞桜が口を開いた。

「環先生は……」

その時、ピピピッと電子音が鳴り、風呂の支度が完了したことを知らせる。

「沸いたみたいだな。着替えは──俺ので悪いけど、これ。下着類は洗濯機に放り込んで、乾燥が終わるまでゆっくり入るといい」

クローゼットから、未使用のシャツと、念の為にスウェットの上下を取り出して渡すと、舞桜は「すみません」と言って素直に受け取った。

浴室の場所を教えて、ドアの向こうに小さな背中が消えたあと。

俺は深く息を吐いた。こんな時、どうやって慰《なぐさ》めればいいのかわからない。

だが、何も考えずに済む方法なら、知っていた。


湯上がりでシャツしか着ていない舞桜をそのまま寝室に連れ込み、ベッドに押し倒した。

彼女はそんな俺を拒《こば》まず、何も言わずにキスを受け入れる。抱き締めた彼女の肌は温かく、華奢《きゃしゃ》な首筋に口づけると微かな喘《あえ》ぎ声が漏れた。

シャツのボタンはきっちり留めているが、ゆるく押し上げられた胸元と、裾《すそ》から伸びる素足《なま》が艶めかしく俺を誘う。

――そのまま、白い肌に溺《おぼ》れようとしたが、俺はそれ以上動けなかった。

舞桜も、困ったように俺を見上げている。

しばらく無言で見つめ合ったあと、小さな手が、俺の両頬を包んだ。

「……やっぱり無理です、環先生」

泣きそうな声は、俺との行為や俺自身を拒絶するものではない。どちらかというと、自分自身を否定するような声だった。

「今も、衣梨奈ちゃん……苦しんでるかもしれないのに。その原因を作った私が、現実逃避することなんて……できません」

「……君のせいじゃない」

投薬ミスは俺の責任だ。

仮に舞桜が入力をミスしたのだとしても、送信前に俺が再チェックしているのだから。見落とした俺が全面的に悪い。

それに、と言って、舞桜は俺を抱き寄せた。

「環先生のそんな顔を見るの、つらいです」

――俺だって。

俺だって、舞桜のこんな顔は見たくない。だから、現実から目を逸《そ》らして、傷を舐《な》め合おうとした。そんな俺の弱さを理解しながら、舞桜はやわらかく窘《たしな》めてくる。

「嫌なわけじゃないんです。環先生と……するのは。だけど……」

少し言葉に詰まった彼女の顔は、たぶん真っ赤だろう。見えなくても、それくらいはわかる。

「今、そうなっちゃったら。この先きっと、後悔する。私も、環先生も」

向き合うべきものから逃げる為の行為として、記憶に残ってしまう。

だから駄目だと、舞桜は言う。

——六つも年下の彼女は、家族に甘やかされている俺より遥《はる》かに大人だ。

「……こんな状況で、そんな気分になれないというのが正しいかもしれませんが」

「それは、否定しない」

自分で言うのも何だが、キスも愛撫《あいぶ》も中途半端で、心ここにあらずなものだった。

「……舞桜」

「はい」

「——いや。いい」

何もしないから傍にいてほしいと、そう口にすることができない俺に、舞桜が笑った気配がした。

「……傍にいます。というか、もう無断外泊したから、今更帰れません」

「……そうだな。責任は取る」

嫁入り前の娘が、一人暮らしの男の部屋に泊まったとなれば、想像することはひとつだろう。

「ごめんなさい」

「……何が？」

「受け入れたのは私なのに……途中で……」

「……気にしなくていい。俺も、君の弱みに付け込むのは本意じゃない」

舞桜は申し訳なさそうにしている。

確かに、何も考えずセックスに溺《おぼ》れられたら楽だろうが、それは現実逃避でしかないという自覚が、俺達にはある。

舞桜が拒《こば》まなくても、俺が途中でやめていたかもしれない。

「――だから君は何も気にしなくていい」

そう言って、俺は彼女の髪を指に絡めた。やわらかい髪に触れていると、気持ちが落ち着く。

「……はい」

泣きそうな声で舞桜が頷いた。そのまま抱き合っていてもよかったが、どちらともなく服を整え、寝室を出る。キッチンで飲み物を用意してリビングに落ち着く。ソファに座った舞桜は、静かにベランダ――病院の方角を見つめていた。

じっとしていると自責の念が重くのしかかってくる。それは、舞桜も同じらしい。

病院の方向を見つめながら、今も治療を受けているだろう幼い患者を案じている。

「……先生。どんなに衣梨奈ちゃんが苦しんでても――ううん、衣梨奈ちゃんだけじゃない。患者さんが苦しんでても、何もできないんですね、私」

小さな声が零《こぼ》れた。泣いてはいないが、その声は、深い後悔と無力感に満ちている。

「……それは、俺もだ」

舞桜の言葉は「医師でも看護師でもない自分」を責めるものだったが、それを言うなら、医師なのに何もできない俺の方が責められるべきだ。

「俺達は自宅謹慎なわけだが、君はどうする」

このままここにいるかどうか尋ねる。

「そうですね……ここにいたら謹慎にならないから、朝の通勤時間帯が過ぎたら家に帰ります」

感情の消えた声で舞桜が言った。

しばらく寄り添っていたら、不意に縋《すが》るように舞桜に抱き締められて——俺の意識は途絶えた。

朝六時半。習慣とはすごいもので、いつもの起床時間に自然と目が覚めた。

どうやら俺は、あのままソファで眠ってしまったらしい。

——舞桜はどこにいったのか。

一緒に眠ったはずだが、彼女の姿が見当たらない。焦って体を起こした途端、くつくつと何かが煮える音と、味噌汁の匂いが漂《ただよ》っているのに気づく。

「おはようございます」

昨夜よりは幾分元気になった舞桜が、挨拶《あいさつ》してくる。

彼女はすでに自分の服に着替えており、キッチンで朝食の支度をしてくれているようだ。

彼女が帰ったわけではないことに、深く安堵した自分がいた。

舞桜を支えたいと思っていたのに、逆に自分がその存在に支えられている。

「おはよう。……朝食？」

「はい。勝手にキッチンをお借りしてます」

「それはいいけど」

元々、昨日は夕食を振る舞うつもりだったから、食材はある。

「環先生……食材あるって言ったのに……」

「あるだろ。卵も野菜も肉も」

「あんな高そうな食材、もったいなくて使えません。卵だけは、お借りしましたが」

いや、高かろうが何だろうが、使わない方がもったいないか？

それに、いつも俺に料理される食材なんだから、「もったいなくて使えない」という意味がわからない。舞桜が、食材を無駄にしかねないほど致命的に料理が下手《へた》なら、自分から朝食を作るはずもないし。

そこまで考えた時、急に空腹を覚えた。今更気づいたが、昨日は夕飯を食べていない。

舞桜も同じだろう。

「軽いものの方がいいかと思って、お粥《かゆ》とお味噌汁を作ったんですけど……他にも何か作りましょうか？」

「いや。それで十分だ」

そう言うと、舞桜に「顔を洗ってきてください」と洗面室に追いやられる。

姿見で見た自分は、当然シャツもスラックスも昨日のままだ。

——着替えも入浴もしないで、そういう行為に及ぼうとしていた余裕のなさに、今更ながらに呆れた。

「シャワー浴びてから行く」

風呂の内線からそう伝えると、わかりましたと答えが返ってきた。

熱いシャワーを浴びているうちに、いっそしっかり入浴するかと思ったが、せっかく舞桜が朝食を作ってくれたのに待たせるのも気が引けて、シャワーだけにする。

濡れた髪を乱暴に拭いている時、肌身離さず持ち歩くのが習慣になっている仕事用のスマホにコールが入った。衣梨奈ちゃんの容態のことかと思って慌てて出ると、半泣きの大瀬の声がした。

『環センセ！』

「あ、ああ」

　今にも乗り込んできそうな大瀬の声に、気圧《けお》される。

『衣梨奈ちゃん、今朝一般病棟に移って、意識戻って容態も落ち着いてます。今日一日様子を見たら、退院できるそうです』

「そうか……よかった」

『そうです、それはよかったんですが、環センセと舞桜ちゃんにはよくないです！　いやよかったんですけど！』

　大瀬は、噛みつかんばかりに声を荒らげた。どっちなんだ。

　早速、俺達の解雇処分でも決まったのかと思った俺に、大瀬は怒り心頭といった声で叫んだ。

『環センセの処方ミスも、舞桜ちゃんの入力ミスもなかったんです！　ちゃんといつもの喘息薬を出してました！』

「そうか……え？」

　俺が「どういうことだ」と問い返す間もなく、大瀬は電話の向こうで怒り狂っている。

『薬局の処方ミスです！　衣梨奈ちゃんのお薬手帳とカルテの記録を確認したら、薬局で処方されてたのが癲癇《てんかん》薬でした！　さっき、医事課長が薬局に行って、うちから出した処方箋を確認してきたら、センセの処方……舞桜ちゃんの入力した処方箋は、ちゃんと喘息薬だったそうです！』

……待て。今は朝の七時だぞ。薬局なんて開いてるわけない。

ということは、つまり処方箋を確認する為だけに、無理矢理開けさせたんだな……。

事が事だけに、強引にならざるを得ないのはわかるが。

『だから、センセも舞桜ちゃんも悪くないんですー！』

……今度は泣きそうになっている。

「あー……わかった。落ち着け、大瀬」

『これが落ち着いていられますか！　環センセや舞桜ちゃんがミスしたなんて間違った噂が広まる前に、不肖《ふしょう》大瀬涼子《りょうこ》、行動に移らせていただきます。ではっ！』

「大瀬、ちょっと待て――ったく、仮にも上司の電話を切るのに、一切の躊躇《ためら》いがないな」

呆れつつも、心の奥底からほっとした。

自分のミスではなかったからではなく、衣梨奈ちゃんが無事だったことに心底安堵した。

それから、舞桜のミスでなかったことにも。

もちろん、実際にミスが出たことは看過できることじゃない。院外で起きたこととはいえ、うちの患者も多く利用している薬局だから、祖父か父が抗議と改善要求をするだろうし、監督省庁への報告も必要になってくる。

俺と舞桜も、院内の危機管理委員会から聞き取りくらいはされるかもしれない。

「環先生？」

電話が終わるのを待っていたのか、舞桜がおずおずと声をかけてくる。俺は舞桜に朗報を伝えるべく、洗面室のドアを開けた。


白い湯気の立つ、しらすと卵のお粥《かゆ》と、麩《ふ》とわかめの味噌汁。

そして、やはり一品は野菜が欲しいと、急遽《きゅうきょ》ほうれん草の梅和《あ》えを作ったらしい。

舞桜の作った朝食を取りながら――少し薄めの味つけは俺の好みだった――、俺は大瀬から聞いたばかりの内容をかいつまんで舞桜に話した。

黙って聞いていた彼女が、ほっとした顔になったのは「衣梨奈ちゃんに後遺症はなさそうだ」という杉山先生の診立《みた》てを伝えた時だった。

自分の評価より、患者のことを優先して考える彼女を、好ましく思う。

別に、自分を最優先にする人間が駄目というわけではない。ただ、彼女と俺の感覚や考え方が似ていることは、素直に嬉しかった。

そのあと、杉山先生からも連絡があった。

『ご家族への説明と、薬剤師達との話し合いがあるから、今日と明日は自宅待機で。――待機だからね？　謹慎じゃないよ』

舞桜の方にも、「月曜日からまた出勤して」と、連絡があったらしい。

とりあえずは、今日と明日、俺と舞桜は謹慎ではなく「休み」になった。

――今回の件は、薬局の確認不足による処方ミスということで確定した。

しかししばらくは、そのあとの対応に追われる日々が続いた。

三杉さんご夫妻と衣梨奈ちゃんには、改めて俺からも謝罪した。だが、「確認せずに薬を飲ませた私が悪いんです」とお母さんが自責していて、そのメンタルケアも含め、衣梨奈ちゃんの治療費その他をこちらで負担することになった。

薬局との話し合いは、現在上層部が行っているらしい。

あちこちに報告しなくてはならないし、行政処分や訴訟《そしょう》もあり得るが、今のところ三杉さんご夫妻がそこまでは考えが回らないと言うので、処分は保留になっている。

俺と舞桜が投薬をミスしたという誤報は、院内に流れる前に大瀬が叩き潰して回ったらしい。

更に院内報告書で、公表できる範囲ではあるが、今回の顛末《てんまつ》が説明されたので、現在、俺と舞桜を責める職員はいない。むしろ気の毒がられている。

「処方箋をまともに確認せずに調剤されちゃ、こっちとしてはどうにもならないよ」

事務長が、やんわりとした口調ながらかなり怒っていたので、今後は院内処方に切り替える可能性が出てきそうだ。

時代に逆行しているが、患者の命を預かっている以上は、医師だけでなく薬剤師のミスも許されないという主張は理解できる。が、薬局の経営にも差し障《さわ》るから加減が難しい。

――まあ、それは弁護士等の専門家に任せるとして。

ここ数日の俺は、別の問題を抱えていた。

「どうして御園が俺の専属から外れるんです？」

「能力の問題だよ、環くん」

時間が空《あ》く度、俺達は事務長室で同じ問答《もんどう》を繰り返している。

「先日のことなら、御園に落ち度はありません」

「うん。だけどカルテを再確認して薬剤名が間違っていない――つまり、君の処方にミスがなかったことを確かめるのを怠《おこた》って帰宅しただろう」

「あの状況で、ベテラン看護師から『帰れ』と言われて、逆らえる新人クラークがいるわけがないでしょう！」

そう反論する俺に、事務長は黙って首を横に振った。

「確かにね。私だって、御園さんが貴重な人材だということはわかっている。環くんの、癖《くせ》字を読める子だしね。だが、本来の仕事がきちんとできないなら意味がない」

「ですから、それは」

「クラークの仕事は医師のサポートだ。君の処置、処方にミスがないかをきちんと確認し、瑕疵《かし》はないと報告するのが仕事だ」

ぐっと握った拳《こぶし》が痛む。

何度言えばわかるのか。舞桜は新人だ。「帰れ」と言ったのが誰かは知らないが、あの場にいた看護師は、大瀬曰《いわ》く「救急担当ができる人ばかり」、つまりベテラン揃いということだ。

俺よりベテランの看護師に「邪魔だから帰れ」と言われても、「クラークの仕事ですから」と反論して仕事をしろと言うのは酷《こく》だ。それができるのは、祖父のクラークである松江さんくらいのものだろう。

元々、看護師達は事務職を下に見ることが多い。

そういうのが嫌で、俺はここに赴任した時、小児科希望の看護師の中から大瀬を選んだのだ。

俺が研修に来ていた頃、大瀬はクラークも医事課も看護助手も——誰に対しても平等で、決して職種によって相手を見下したりしなかったから。

「引き継ぎもあるだろうから、今月いっぱいは御園さんに務めてもらう。だが来月からは、彼女よりクラークとしての能力が高い子を付けるよ」

「そのクラークは、俺の字が読めるんですか」

「……まあ、そこは努力してもらうことになるかな」

事務長は最初から俺の意見を聞き入れる気はないらしく、もう話は終わりだとばかりに問答《もんどう》を切り上げた。

事務長室を出た俺は、医師専用の休憩室に向かう。

先に休んでいたらしい杉山先生に会釈《えしゃく》して、ソファに座ったが——どうしても苛々《いらいら》が収まらない。

「事務長と、またやり合ってきたのかい？」

「……はい」

杉山先生は、穏やかに「まあ一杯」と、茶化したように言いながら俺に煎茶を淹れてくれた。

「ありがとうございます」

上司に茶を淹れさせるのはどうかと思うが、院長である祖父もよく人にお茶を淹れて回っているから、気にしなくていいのかもしれない。

「僕も、御園さんは悪くないと思うよ。だって彼女、新人だよね？　あの日の状況で、ベテランナースに『帰れ』って言われたらねえ……僕だって帰りたくなるよ。そのナース、まだ御園さんに謝ってないの？」

「謝罪どころか、誰が言ったのか、特定すらできてません」

それも俺の苛立ちの原因のひとつである。

俺や上層部に知られたら叱責《しっせき》されると思っているのか、看護師同士が結託して口をつぐんでいるようなのだ。大瀬は協力してくれているが、下手《へた》にこちらに肩入れして、彼女が看護師仲間から浮いてしまっても困る。

俺は、別にその看護師を叱責《しっせき》するつもりはない。あそこで「カルテを確認しろ」と指示を出すのは、俺がするべきことだった。

必要な指示を咄嗟《とっさ》に出せなかったのは俺なのに、舞桜の評価が下がっている現実が苛立たしく――申し訳なかった。

「いっそ俺が辞めようかと思いますよ」

「待って、待ちなさい環くん。君が自棄《やけ》を起こさないように」

「御園は悪くない。それに、ああいう経験を積んだことで、次……はないに越したことはないですが、同じようなことがあれば今度は適切に対処できる学習能力があります」

事実だ。舞桜は、一度教えたことは二度聞き返してくることはない。俺や大瀬が指示したことは、その場で頭に入れて、あとできちんとメモに起こして時間のある時に読み返している。

大瀬が、休憩時間中まで勉強してましたよーと、呆れていたくらいだ。

「残念だけど……決定事項だしね」

「……はい」

舞桜が俺の専属ではなくなることは、事務長が決定した以上、覆《くつがえ》らないのだ。

＊　＊　＊

「そう、ですか」

夕焼け直前の朱色の陽射しが入る診察室で、環先生から聞かされた処分――来月から異動または研修という内示に、私は頷いた。

「どうして簡単に頷く」

どこかムッとした口調で言われる。私の反応が、環先生はお気に召さないらしい。

「事務長のおっしゃることはもっともです。一年目の新人が、いきなり専属クラークになることはほぼないと聞いてましたから」

普通は、先輩クラークに付き、半年から一年かけて仕事を覚える。だが私の場合は、アルバイトとはいえ経験があったこと、環先生の字を読めたことから、新人ながら特別に専属として配属されただけだ。

「それを言うなら、君を祖父の専属クラークにするという話だっておかしいだろう」

「松江さんはまだ退職されていないので、後進育成の為というのはおかしくないです」

私が答える度、環先生の機嫌が悪くなっていくのがわかる。

私だって、この異動は嫌だ。環先生と一緒に働きたい。

好きだからという以前に、私は環先生の仕事に対する真摯《しんし》な姿勢と、勉強熱心なところを尊敬している。そんな環先生の役に立ちたいと思ったから、診療情報管理士の資格を取りたいと思ったのだ。

それに、環先生も大瀬さんも私を責めなかったけれど、事務長の言葉は正しい。

私はあの時、たとえ帰れと言われても、環先生の指示が間違っていたのかどうか、私の入力ミスがあったのかどうか、きちんとカルテを確かめるべきだった。

――だから、異動は仕方ない。

自分にそう言い聞かせて、処分を納得しようとしているのに。

「俺は納得していない。君はミスをしていない。あの時、カルテの確認をする指示は、俺が出さなきゃいけなかったことだ」

……そうやって、環先生は全部自分の責任にしようとする。

だから私は、余計に情けなくなるのだ。

気遣ってくれているのがわかるのに、素直に頷けない自分が嫌になる。

今口を開いたら、きっと私は環先生を傷つけて、そして自分自身も傷つけることになる。だから言葉が出ない。

――ほんの数分のようで、とても長く感じた沈黙のあと。

「診察時間終了ですー、退勤の時間ですー。舞桜ちゃん、帰ろー」

大瀬さんが、わざとらしいほど明るく言いながら診察室に入ってきて、私の手を引っ張った。

「大瀬。まだ俺と御園は話し中……」

「あー、うっさいですよ環センセ。男の愚痴《ぐち》はみっともないので、黙っててください。舞桜ちゃん借ります」

「あの、大瀬さん。私は環先生の所有物ではありませ……」

「御園が嫌がったら、すぐ帰せよ」

「やだ過保護。勤務時間が終わったとはいえ、ここはまだ職場ですのよ、環センセ」

大瀬さんは私に「更衣室前で待ってるからご飯行こ！」と笑って、ぐいぐいと腕を引っ張りながら、重苦しい雰囲気の診察室から連れ出してくれたのだった。


大瀬さんに連れて行かれたのは、無国籍風創作料理のレストラン。お値段もお手頃で、味はなかなかという、とっておきの秘密のお店らしい。

「ま、飲みなさい」

「……じゃあ、サングリア……」

「可愛い女の子ぶらなくていいから。酔って酔い倒して、お腹のもの全部吐き出しなさい」

ボーナスが出たから奢《おご》ってあげると言われたので、私はお言葉に甘えて遠慮なくバローロを注文した。

「……躊躇《ためら》いなくワインの王を選ぶとは……っ」

「手っ取り早く酔いたいので。あとラキアもありますね……ジヴァニアも」

私はメニューを見ながら感心した。お料理だけでなく、アルコールもかなり充実している。

「……君、もしかしてザルかね？」

「そんなに強くはないですが」

「全部めちゃくちゃ強い酒じゃないのよ！　まあいいわ。……それで？　舞桜ちゃんは、今回のこの異動受け入れるの？」

「受け入れるしかないので」

異動の打診も二度目ともなれば、ぺーぺーの新人クラークが拒否できるものではない。

「あっさり受け入れないで。どこに皺《しわ》寄せがくるか、わかってる？」

「……？」

早速運ばれてきたバローロのグラスに口をつけると、大瀬さんは深く大きな溜息をついた。

「あたしよ！　あたしに皺《しわ》寄せと負担がくるのよ！　今まで舞桜ちゃんに任せてた、環センセの指示の確認再チェックその他諸々が！　そして環センセは仕事は完璧にこなしても、取り扱い要注意になるのよ！」

決して大きな声ではないのに、大瀬さんの口調から切迫さが伝わってくる。

「それ、元に戻るだけだと思いますが」

私の言葉を、大瀬さんは首を横に振って否定した。

「舞桜ちゃんと付き合い始めてからかな。環センセ、雰囲気が甘くなったんだよ。実は、環センセの人気は前より高いんだよね」

「そう……ですか？」

それは喜ぶべきだろうか。

仕事をする上で、職場の人からの好感度が高いのはいいことだ。けれど、そこに恋愛感情が入ってくるなら、話は別だ。

「あと、色々やわらかくなった」

「やわらかく……？」

「うん。雰囲気だけじゃなくて、空気とかオーラとかそういうやつ？」

治療などについては、前から丁寧に説明してくれていた。

ただ、環先生は秀麗すぎる顔立ちに、怜悧《れいり》な気質がそのまま出ていて、はっきり言えば取っつきにくいというか、質問しづらい雰囲気があったらしい。

「でも最近は、そーいう棘《とげ》というか茨《いばら》……？　とにかく怜悧《れいり》な雰囲気が丸くやわらかくなって、小児科の先生らしくなってきたなーって思ってた」

それはきっと、舞桜ちゃんの影響でしょうと言われても、ピンとこない。

「環先生は真面目で堅物で、ちょっとズレている可愛い人――というのが私の認識なんですが」

「すっごい惚気《のろけ》を真顔で言うわね……」

だって事実だ。環先生は、世間知らずの箱入り息子的なところが、とても可愛い。

「院内恋愛は別に問題ないしね。まあ環センセは院長の孫だから、高嶺の花だけど。環センセを狙う皆が牽制《けんせい》し合ってるうちに、舞桜ちゃんが横からかっ攫《さら》っていったって、恨《うら》んでた馬鹿もいるけど、そういう子は次の獲物を見つけるのも早いから問題ないし」

人気メニューだというバジリコソースの魚介サラダやアカザエビのソテー、生煎饅頭《なまやきまんじゅう》や小籠包《ショウロンポウ》をシェアしながら、私達は黙々とお酒を飲んでいく。

「舞桜ちゃんはさ、センセのこと好きなんでしょ？」

「……でなければお付き合いはしません」

好きになれるかも、でお付き合いする人達もいるけど、私は好きな人でないと無理だし、だからやっぱり環先生に告白された時点で、自覚はないものの恋愛的に好きだったんだと思う。

——決定的に恋愛感情だとわかったのはいつだろう。

キスされた時には、もう好きになっていた。それに、結婚前提の交際だと言われた時も、何だかんだで受け入れていた。けれど、自分の気持ちがただの「好き」ではなく「恋」だと気づいたのは。

あの時……だと思う。

処方ミスのあった夜、逃げるように行為に溺《おぼ》れようとして——結局拒《こば》んだ私を、責めることもなく当たり前に受け入れてくれた時。

自分だって傷ついていたくせに、私の我儘《わがまま》を許してくれた、わかりづらい優しさに、惹かれた。

「……舞桜ちゃん」

「はい」

「んーと……気を悪くさせたらごめん。でも、ちょっとだけ環センセとの付き合いが長い先輩からのアドバイス」

そう言いながら、大瀬さんは私の頬をぷにぷにとつついた。

「環センセ、たぶんだけど、舞桜ちゃんにとって自分はどーでもいいのかもとか、ヘンな方向に悩んでると思う」

「何故そのようなことに」

「環センセはさ、篠宮のお坊ちゃまですから。事務長が異動を決めたって、環センセがおじーさまやおとーさまに抗議すれば、それは引っ繰り返せるのよ。事務長は院長先生の娘婿、つまり血縁はない。だけど、環センセは実の孫だからね」

しかも環先生のお兄様お姉様は、末っ子を溺愛している。ご両親はわからないけど、少なくとも義弟よりは息子を優先するだろう。

環先生がどうしても嫌だと言えば、事務長に圧力をかけることくらい何でもないのだ。

「だからね、舞桜ちゃんが『嫌です、先生の専属でいたいです』って言ってくれないことに、たぶん拗《す》ねてる」

「……確認しますが、環先生は二十九歳ですよね？」

そんなことで拗《す》ねる二十九歳がいるのか。

「まあ医学部を出て臨床《りんしょう》経験積んだあと、そのまま実家で後期研修だからねー。箱入り息子で世間知らずなとこがあるのは仕方ないでしょ」

過重勤務が叫ばれる医療界だけど、篠宮総合病院は「辞められたら意味がない、まして倒れるまで酷使したら医師として全力を尽くせない」と、勤務環境を整えることに注力している。

だから医師達の希望は色々と聞き入れられるらしい。特に専属クラークとの相性次第で、お互いの勤務意欲も変わってくる為、基本、双方の希望が優先される。だから、今回みたいな一方的な異動は珍しいそうだ。

「環センセは、基本的に希望が叶わなかったことがない人なのよ」

……そこについての、大瀬さんと私の考えはちょっと違うかもしれない。

環先生は、医師になるしか選択肢がなかったと言っていた。

だから……本当は、もっと違うことがやりたかったんじゃないかなと思う。環先生自身が、理解していないのかもしれないけど。

だけどそれは言っても仕方ないので、私は黙って頬をつつかれている。

「環センセ、不安なんじゃないかな。舞桜ちゃんがあんまり『好き好き』って言ってくれないから」

「……診察室をピンクオーラにするなって言ったのは、大瀬さんですが」

「それは仕事だから。……プライベートでちゃんと言ってあげてる？　釣った魚だって、エサをあげなきゃ弱るのよ」

言われてみれば、はっきりと口に出したことはない……気がする。

私の微妙な表情で察したのか、大瀬さんは、はーっと息を吐いて、スマホを取り出した。手早く操作を終え、意味深に笑う。

「お迎え頼んだから。到着まで、飲みなさい。そして潰れなさい。お酒が入れば素直になりやすいのよ」

経験談だから間違いないと言って、大瀬さんは私がオーダーした以外に、フェアリーランド、スプリングオペラなどのアルコール度数の高いカクテルを勧めてくる。

口当たりのいい甘いカクテルと、合間に挟まれた老酒《ラオチュウ》は、確実に私を潰す為のチョイスだった。

＊　＊　＊

大瀬に呼び出されて迎えに行った店先で、舞桜がふにゃりと潰れていた。

「……どれくらい飲ませた？」

「いやー、舞桜ちゃん、なかなか強くて。手こずりました！」

「急性アルコール中毒になったらどうする気だ」

「これでも看護師ですよ？　そこは細心の注意を払いました。途中から『もっと』って可愛くねだられた時は危うかったんですが、何とか耐えました！」

「威張るな」

「環センセだったら拒否できなかったであろう可愛さでした。動画撮ったんですけどね」

「それはあとで俺に送ったら消せ」

正論と本音が違うのは仕方ない。

「それで、まあ、舞桜ちゃん焚《た》きつけておきましたから。あとはセンセが頑張ってくださいねー」

さりげなく——実にさりげなく俺にレシートを渡して、大瀬はにこやかに帰っていった。

彼女なりに、俺が借りを感じなくていいように配慮してくれたのだと思うことにして、カードを出して支払いを済ませる。

そして店を出たはいいが、ふにゃふにゃと頼りない足取りの舞桜をどうしたものか。この先どうするか悩んでいると、ようやく舞桜が俺に気づいたようだ。

「たまきせんせーだ」

酔っ払い特有の馬鹿っぽい口調で、舞桜が俺を見て笑う。酒のせいで赤くなった頬と、とろんとした目をして、彼女はとんでもないことを言った。

「あのですねー、ちかくのホテル取りましたから、そこいきましょう？」

「……は？」

「わたしがー、たまきせんせーすきだって、ちゃんとしょーめいしないと、たまきせんせーが不安だから」

なので今日は飲むからホテルに泊まるって家に連絡して、部屋を取りましたと、酔っ払いが意味不明なことを言っている。大瀬は舞桜に何を吹き込んだんだ。

……家には外泊連絡済みだと言うし、予約したというホテルに送り届けるしかないか。

「ホテルは？」

どこだと聞いたら、少し離れた場所にあるホテル名を告げられた。そこなら、時々俺も利用するので場所はわかる。

「君の名前で取ってるのか？」

「わたしがはらったんだからあたりまえです」

すでに支払いは済んでいるらしい。とろとろと歩む舞桜に合わせて進み、近くのパーキングに停めた車の助手席に座らせた。

動き出してすぐ、車のゆるい振動が眠気を誘うのか、舞桜はうとうとし始める。

「頼むからチェックインが済むまで寝ないでくれ……」

祈るように呟いて、安全運転を心掛けながらも、少し急いでホテルに向かった。

完全に潰れた舞桜を連れて行ったホテルで、俺は「女性を泥酔させてホテルに連れ込んだ」という汚名を回避する自信がない。

……幸い舞桜は、チェックインの時は、そこそこしっかりしていた。

が、酔っているのは間違いないので、このままベルボーイに任せる気にもなれず、部屋番号を聞いて連れて行くことにする。

きちんと名前や住所が書けているから、危惧《きぐ》したほど酔ってはいないらしい。

予約画面との確認を終えたフロントの女性が、笑顔でカードキーを差し出してきた。

「御園舞桜様、エグゼクティブスイートでお二人、二泊ですね。お部屋は二十五階になります。チェックアウトの際は、クラブフロアもご利用になれますので」

……待て。ちょっと待て。

お二人って、どういうことだ。

機械的にカードキーを受け取った俺を、ベルボーイが先に立って案内する。

エグゼクティブスイートに二人で二泊――意味するところは明らかだ。

居間と寝室に分かれたスイートルームに入り、俺は舞桜に問いかけた。

「……あのな。酔った勢いで、こんなことをするな」

「酔った勢いでなきゃできません……」

少し酒が抜けたらしく、先程よりはしっかりした口調で、だが顔は赤いまま舞桜が言った。彼女の赤い顔が、酔いの為か羞恥《しゅうち》の為かはわからない。

「私、環先生のこと好きです。尊敬もしてますけど……ちゃんと、恋愛感情で好きです。だから」

――触れ合いたい。

そう言って、やわらかな唇を押し当てられる。

そこまでされて、「まだ一回しかデートしていない」とか「酒の勢いでなんて後悔するに決まってる」と、舞桜に説教して帰れるほど、俺はできた人間じゃない。

何より、俺だって彼女に触れたかった。先日キスを交わした時から、互いのリミッターは解除されていたのかもしれない。

微かにアルコールが香る唇は、甘い。

「あ……お風呂……」

入りたいと言う舞桜に、今更待てはできないので聞こえないふりをした。

余計な言葉を口にできないよう、深く唇を合わせる。薄く開いた隙間から舌を入れて、口腔《こうこう》をなぞった。

「ふ、ぁ……っ」

快感を含んだ澄んだ声が、心地よく耳に響く。

シーツの上に零《こぼ》れている髪に口づけると、舞桜はくすぐったそうに笑った。

「それ、だめです」

サラサラして、艶《つや》のある髪は触るとなめらかで、唇にも気持ちいい。

「だって気持ちいい……髪なのに」

「俺も気持ちいいから問題ないと思う」

「そう……ですか？」

感覚はないはずなのにと呟きながら、舞桜は髪に口づける俺を見て少し嬉しそうな顔をした。

髪ばかりを愛撫《あいぶ》するつもりはないので、細い首筋に指先で触れる。同時に、形のいい耳に舌を差し込んだ。

「ん……っ」

首のラインをなぞりながら、耳朶《じだ》を甘噛みする。時折わざと音を立てて舐《な》めると、舞桜の体が震えた。拒否ではなく快感を滲《にじ》ませた瞳が、俺を見つめる。

「耳、弱い？」

「あ、だめっ」

囁《ささや》くと、舞桜の体が大きく跳ねた。

「だめ……環先生の声は、ほんとだめ……っ」

今まで以上に真っ赤になった舞桜に、嗜虐心《しぎゃくしん》が湧き起こる。

「どうして、駄目？」

「や……っ」

「黙ってセックスしろって？　俺は君を性欲処理の道具にする気はない」

「そ……れは」

「俺が君を抱きたいから抱いてる。君の感じる場所がわからないから聞いてるだけだ」

――抱きたいと言った瞬間、舞桜が泣きそうに顔を歪《ゆが》める。その顔がそそるのだと言ったら、たぶん悪趣味だとか意地悪だとか言われそうなので黙っておく。

舞桜をぐずぐずに溶かして泣かせたいのと同じくらい、大切に愛したい気もする。どちらを優先するか迷って、結局、どちらも実行することにした。

きっちり着込んだブラウスのボタンを、ひとつずつゆっくり外す。羞恥《しゅうち》に顔を背《そむ》ける舞桜が可愛い。早く抱きたいのに、その欲求を我慢しながらわざわざ時間をかけている自分に、首を傾げたくなる。

こんな、少しずつ愛《いつく》しみたいと思うセックスは経験がない。それでいて、彼女の全身に触れたい。余すところなくすべて、俺の知らない部分なんてないくらいに。

「環せんせ……も、脱いで」

か細い声で乞《こ》われて、俺はジャケットを脱いでシャツのボタンを外した。まだ舞桜を脱がせていないので、そちらを優先したい。

舞桜のブラウスのボタンを全部外して、脱がせる。その下のキャミソールと、スカートも脱がせたあと、背中に手を回して下着のホックを外す。

ぷるんと誘うように零《こぼ》れた乳房は、ふっくらと優しいまろみを帯びている。大きすぎず小さくもないそれは、俺の手にちょうどよく収まった。誂《あつら》えたような感覚に、背中がぞくりとする。

「……その、あまり見ないでほしい……です」

「俺は見たい」

小さな抗議を拒否して、指全体を使って少しきつめに揉むと、白い乳房は俺の手の中で簡単に形を変える。

それでいて、指を押し返すような弾力もあり、俺の意のままにはならない。

小さな乳首が薄桃から鴇《とき》色に色づいて硬くなり、指先でつついたり捏《こ》ねる度に舞桜の唇から素直に甘い声が零《こぼ》れた。

声を抑えて恥ずかしがられるより、素直に快感を示される方が嬉しいし、こちらの官能も煽《あお》られる。

しばらく乳房を堪能していたら、舞桜の腕が俺を抱き寄せた。

まだ快楽に溶けきってはいない瞳が俺を捉《とら》え、唇を合わせてくる。

他のどの部分とも違うやわらかさを感じて、深く舌を絡め合った。

小さな口内全部を舐《な》めると、アルコールの味がした。舞桜の舌が、お返しのように俺の歯列を撫でる。神経ごと溶かされそうな快感が走り、互いに抱き合いながらキスを繰り返した。

「ん……」

上手《うま》く呼吸できないのか、少し苦しそうな声を漏らしつつも、舞桜は俺とのキスを続ける。

癖《くせ》のない髪に指を差し込むと、気持ちいいのか、舌の動きが緩慢《かんまん》になった。

「舞桜」

少しだけ唇を離して呼ぶと、ぎゅっと抱きついてキスをしてくる。

俺のものか彼女のものか、区別できないくらいに混ざり合った唾液を交互に飲み下しながら、互いの唇を味わった。

そろそろ次の段階に進みたいと思って離れると——舞桜の濡れた唇の端から銀色に光る雫《しずく》が糸を引いた。彼女の無防備でしどけない姿に、このまま組み敷いて一気に突き上げたい凶暴な欲が溢《あふ》れそうになる。

それを何とか抑えつけ、綺麗に窪《くぼ》んだ鎖骨に口づける。

キスで上気した舞桜の肌は、少し熱くて、同時に甘い。

——この肌を知っている男が俺以外にもいるのかと思うと、おかしくなりそうなほど苛々《いらいら》するし、その痕跡を拭い去りたい衝動に駆られる。

彼女のすべてに触れたいと思うのは、つまりそういう幼稚な嫉妬と独占欲だ。

舞桜の肌は、指や唇、舌で触れる度に、より甘く俺を誘ってくる。

何も考えず、気遣いもなく挿《い》れてしまえばいいのかもしれない。だけどもっと触れていたいと思わせる。彼女は、俺を矛盾させる。

硬くなってきた乳首を指で転がし、赤く熟《う》れたところで口に含む。その周りの、色を濃くして僅《わず》かに膨らんだ小さな乳輪を強めに撫でると、薄く開いた唇が溜息に似た嬌声《きょうせい》を漏らした。

「ん……っ、ふ、ぁ……っ」

俺の頭をかき抱くように、素直に快感に溺《おぼ》れる様子が堪《たま》らなかった。

舞桜の、羞恥心《しゅうちしん》を捨てきれない、けれど快感に逆らわないギリギリの表情が一番艶《つや》やかに見える。

存分に胸を愛撫《あいぶ》し、やわらかな乳房に吸いついては痕《あと》を残した。胸も弱いのか、口づけたり吸いつく度に、舞桜は体を震わせる。

制服は首元まできちんと隠れるからと理由をつけて、首筋にも印《しるし》を刻んだ。

「だめ、みえるとこ……っ」

「俺にしか見えない」

――ここに痕《あと》があるなんて、俺以外の誰も知らなくていい。

白い乳房のあちこちに残した痕《あと》は、桜の花弁が舞い散ったようで、彼女の名前によく似合うと思う。

「でも」と拒《こば》もうとする舞桜の唇をキスで塞《ふさ》ぐと、俺の腕を細い指が撫でた。

宥《なだ》めるようでいて実際は煽《あお》ってくる触れ方に、彼女の過去にいる男が見えるようで苛ついた。自然とキスが乱暴になる。

……俺ばかりが、嫉妬しているみたいだ。

六歳も年下の恋人にいいように振り回されている気がしなくもない。

少し焦《じ》らして泣かせたい気持ちになったのは、俺だって彼女を翻弄《ほんろう》したいという欲求だ。ほっそりとくびれた腹部を、わざとゆっくり撫でると、舞桜が戸惑ったように俺を見上げた。

「環せんせ……」

「先生はいらない」

名前で、と言うと、ただでさえ赤かった頬が更に真っ赤になった。

「恥ずかし……っ」

「――何が？」

いや……本当に。名前を呼ぶことより、今こうしていることの方が余程恥ずかしいと思うんだが。

「だって、環先生は……先生で……」

「舞桜」

何故かぐずるように言い訳する舞桜の耳元で名を呼ぶと、ぴたりと黙った。

「先生じゃない。俺は、君の恋人」

「――だから、それ、だめです……！」

意識したつもりはないが、舞桜は俺が耳元で囁《ささや》くのに弱いらしい。体に触れるのが肉体的な快感なら、声は精神的な快楽に繋がっているといったところか。

「喋《しゃべ》るな、見るな、痕《あと》を残すな。――無理なことばかり言う」

「どれも、聞いてくれてないじゃないですか……っ」

「次は、何が『だめ』なのか聞きたい」

舞桜が口にする「だめ」は――それが欲しいという意味だとわかってきた。

何だか困らせたくなってそう言うと、舞桜は小さく首を振った。

「……だめじゃ、ない、です……」

名前を呼ばれると、嬉しいと小さな声がした。

「でも、いつもは……ドキドキするだけなのに、今は、気持ちよくて」

――俺が名前を呼ぶだけで胸が痛かったとか、このタイミングで告白されると、とても困る。

ゆっくり愛したかったのに、早く自分のものにしたくなる。

抱けばすべてが手に入る、なんて単純なことではないことくらい、わかっているつもりだったけれど。

「――っ！」

薄い桜色に染まった体がのけ反《ぞ》った。下着越しにそこに触れただけなのに、舞桜の体は電流に打たれたように跳ねる。

「……そんなにイイ？」

ゆるゆると擦ると、とろりと蜜が溢《あふ》れてくるのがわかる。濡れた下着を剥《は》ぎ取って、直接指で触れた。

「あ、や、……ぁ……！」

咲きかけた花を開くみたいに花弁を弄《いじ》ると、また蜜が零《こぼ》れた。彼女の名前の通り、そこも淡い桜のような色だった。

短い呼吸を繰り返し、逆手《さかて》にシーツを握りしめて快感を逃がそうとしている舞桜には悪いが、このまま溺《おぼ》れてもらいたい。理性も何もかも手放して、本能だけで俺を欲しがる姿が見たい。

花弁をなぞり、包まれた花芽をつつくと、泣きそうな細い悲鳴が上がる。それに拒絶の色はなく、むしろもっとと欲しがる響きがあった。

男を受け入れる場所を探り当て、小さな蜜壺に指を挿《い》れた。溢《あふ》れる蜜のおかげで、俺の指は何の抵抗もなく受け入れられる。

隘路《あいろ》を広げるようにくすぐると、舞桜の瞳からほろりと涙が流れた。

「嫌？」

「や、じゃなくて……そんなとこ、さわったら……先生が、汚れちゃう……」

「先生は、駄目」

舞桜の「だめ」と違って、俺の「駄目」は本心だ。名前で呼んでほしい。

そう言いながら指を動かすと、舞桜のナカがきゅうっと締まって、指に吸いついてくる。とろとろと零《こぼ》れる蜜を潤滑剤《じゅんかつざい》にして、もう一本指を増やす。腹部に近い部分を内側から強めに押すと、どんな果実よりも甘い声が響き、彼女が軽く達したのがわかる。

少し広がっていた隘路《あいろ》がぎゅっと締まり、指を増やし損ねたのは失敗だった。

きゅうきゅうと締めつけてくるナカから指を引き抜くと、舞桜は微かな吐息を漏らす。

彼女の体から力が抜けたタイミングで、そこに顔を寄せた。

「……な……！」

俺の髪を掴《つか》んで引き留めながら真っ赤になった彼女に、俺は逆に問いかける。

「もう少し慣らした方がいいだろう？　それとも、もう挿入《はい》っていい？」

実際のところ、彼女が許してくれるならもう挿入《はい》りたい。

そう思った俺に、舞桜は予想外のことを言った。

「私は、初めて、なんです……！」

加減してくださいと言うその言葉に、俺の頭が一瞬思考を止めた。

「……初めて？　だって、君」

交際経験はあると言っていたはずだ。

「……最後までは！　してません！」

先生は、交際イコールセックスなんですか！　とか何とか言っていたが——耳を素通りする。

実際、俺は結婚前提で交際していたから、期間が長くなれば、そういうことにはなっていた。

だから舞桜も、当然そうだと思って——過去に、彼女に触れた男がいると思っていたのに。

——触れた奴は、誰もいない。

この、甘く濃密な花に触れるのも、その奥に挿入《はい》るのも、俺が初めてなのだと言われて。

我慢できるほど、俺は子供でもなければ無欲な男でもない。

秘花を暴《あば》くように舐《な》め、硬くなった蕾《つぼみ》をぐりぐりと舌で押すと、舞桜は断続的に悲鳴を上げて「や、だめ」と啼《な》いた。

好きな女の、快楽に濡れきった声でそんなことを言われて、やめられる男がいたら尊敬する。

両手で押し広げた舞桜の太腿に、時々噛みつくように痕《あと》を残しながら、花を潤《うるお》し、暴《あば》くことに専念した。

肌理《きめ》細かな肌はなめらかで、濡れた真珠みたいな艶《つや》を放っている。

その脚の付け根の部分に顔を寄せ、溢《あふ》れる花蜜を啜《すす》り、舌を捻《ね》じ込《こ》んだ。

一度軽く達したせいか、締めつけがきつくなっている。解《ほぐ》したいのに、狭くしたら意味がない。

今度は彼女がイカない程度に、逃げようとする腰を押さえつけ、花を愛撫《あいぶ》した。

指と舌、どちらが舞桜にとって気持ちいいのか俺はまだ知らない。舞桜自身もわからないだろう。だから、探るような愛撫《あいぶ》になったのはわざとじゃなかった。

だが、舞桜にとっては十分焦《じ》らす行為になったのは確かで。

舞桜が俺の髪を引っ張ったり、指に絡めたりして、やがて泣きそうな声がねだってきた。

「せんせ、も、いいから……！」

「初めてなら、まだキツいだろう」

ナカを愛撫《あいぶ》していた唇を離し、代わりに指を差し込む。さっきよりはなめらかだが、それでもまだキツいと感じる。

――どう考えたって、指二本より大きなものが入るわけだから。

「だって、も……おかしく、なっちゃ……！」

「おかしくない。可愛い」

「……っ！」

「君が」

　くるりと指を動かすと、舞桜は喉を反《そ》らしてのけ反《ぞ》った。

「俺で感じていることが、おかしいのか？」

　感じさせたくて、そうしている。男を知らない体に、俺を受け入れる為の準備をしている。それだけで、おかしくなるというなら――

「このあと、君はもっとおかしくなると思う」

　信憑性《しんぴょうせい》は何もないが、オーガズムは女性の方が強く感じるという説もあるくらいだ。

「嫌だと言われても、俺はもうやめる気はない」

「いじ、わる……っ」

　不本意な言われようだ。彼女を傷つけたくないから、解《ほぐ》しているのに。

　……耳をくすぐる嬌声《きょうせい》が心地いいのは否定しないが。

「――どこまで許した？」

「え……？」

「恋人『だった』男に。どこまで許した？　最後まではしてないというなら、その手前まではしたんだろう？」

キスだけか。それとも、肌に触れることを許したのか。最後までしなかっただけで、この甘く蕩《とろ》ける声を聞かせたのか。

ひどく狭量で子供じみたことを聞いている自覚はある。俺自身は、初めてどころかそれなりに経験しているのに、舞桜に触れた男がいるのは嫌だと思う。

彼女の答え次第で、俺は獣《ケダモノ》のような抱き方をしてしまうかもしれない。

「え……と……服の上から、胸、触られて……」

首にキスされたところで、やっぱり怖いと拒否したのだと素直に答える。

「ごめん」

「え」

「俺はかなり嫉妬深い」

そして、独占欲が強い。聞くんじゃなかった。舞桜の体に触れた男がいる。その事実をなかったことにしたい。

「ここは？」

舞桜が達したポイントからは少しずらした場所を、指の腹でトントンと押してみた。

「ふぁ……あ、あっ！」

「イキそう？」

こくこくと頷く彼女に、俺の呼吸も乱れてくる。指を引き抜いて、代わりに張り詰めた自身のモノを入り口に擦りつけた。

「……っ」

ソレが何かを理解した舞桜が、恐怖と期待に瞳を潤《うる》ませる。

「ゆっくりしてやりたいんだが……」

ゆるりと何度か秘部を擦り合わせていくと、舞桜の腰が引けたので脚を開かせ、押さえつける。

少し開いた蜜口に、先端をぐぷりと沈めた。

「――!」

指とは比較にならないだろう異物感に、舞桜が声にならない悲鳴を上げる。

苦しそうに喘《あえ》ぐ唇にキスをして宥《なだ》めながら、腰を進めた。

俺の腕を掴《つか》んでいた舞桜の指先に力が入り、しなやかな脚が爪先まで強張《こわば》る。

「……く……!」

キツくて狭くて、熱い。

舞桜のナカが淫猥《いんわい》に蠢《うごめ》きながら、俺を締めつけてくる。

快楽を堪《こら》えながら、彼女のナカを抉《えぐ》るように進む。一番太い部分を呑み込んだあとは、溢《あふ》れていた愛液のおかげでずぷずぷと入っていく。

「あっ……!」

カリの部分がいいところを掠めたのか、舞桜の体が小さく震えた。途端に、ぎゅっと締まるナカを、自身の昂《たかぶ》りで押し広げていく。

俺のモノに絡みつきながら締め上げ、ゆるんだかと思うとまたキツく締まる内襞は、熱くてうねるみたいに蠕動《ぜんどう》する。

動かずに我慢していると、舞桜が深く息を吐いて俺を促《うなが》した。

「あの。動いて、いい……です」

酒が抜けてきたのか、口調がしっかりしてきている。これは彼女の本心か、気遣いか、どちらだろう。俺には判断がつかない。

「無理してないです。私……も、その……」

抱き寄せるように俺の首筋に縋《すが》った舞桜は、耳元で小さく囁《ささや》いた。

――ああ、確かに。

耳元で、好きな声に囁《ささや》かれるのは、かなりヤバいと理解した。

「お腹……が、きゅうってして……その……」

「うん」

「……もっと、環先生が、欲しいんだと思う……」

――たぶん、この時、俺の何かが馬鹿になったに違いない。

テクニックも相手への労《いたわ》りもなく、ただ彼女の最奥《さいおう》を抉《えぐ》り、自分を根元まで突き入れては引くことを繰り返す。ひたすら、濡れた音を立てて互いの肌をぶつけ合った。

腰から脳髄までダイレクトに響く快感。腕の中で苦しげに身を捩《よじ》らせながら、甘く乱れた声で「もっと」とねだる舞桜の姿態《したい》に、手加減するなんて気持ちは皆無だった。

相手は初めてだというのに、より深く繋がりたくて、脚を高く持ち上げ、肩に引っかけて奥まで貫いた。下りてきた子宮の入り口に先端が当たり、強く突くと舞桜は甘い声で啼《な》く。

互いがひとつに溶けていくような快感を味わう。

途中で、避妊をしていないことに気づいたが、それすら、もうどうでもよかった。

「ま、お」

半分意識を手放しながら、俺の律動に合わせて乱れ、嬌声《きょうせい》を溢《あふ》れさせている舞桜に、呼びかける。

「……中に出したい」

彼女の白い腹部に手を当てる。

「……ここ。俺がいるところに。全部出して——君を、全部。中も外も、俺のものにしたい」

「……私は、モノじゃないです……っ」

素直になってくれない彼女に、焦《じ》らすように腰を引いて動きを止めると、泣きそうな顔をする。

「恋人、でしょ……？　モノ扱いは、嫌です」

「……どう言えばいいんだ」

俺の恋人。俺の女。俺のもの。その差がよくわからない。

「……好きって、言って」

それだけでいいから。

消え入りそうにねだった直後、舞桜は「二十二にもなって、夢見ててすみません、イタイですよね！」と何故かキレた。

——好きだから、俺のものにしたいんだが。

「俺は、君を楽しませたり、喜ばせる会話がわからない」

「……」

「好きだから、君が全部欲しいし、俺以外に触れさせたくない」

髪も、真珠みたいな肌も、ふっくらとやわらかな胸も、細い腕も、しなやかな脚も、桜色の爪すらも。快感に潤《うる》んだ瞳も、乱れた呼吸を繰り返している花のような唇も。

「全部、俺のものだ」

「…………ん、ばっか、り」

早く、と細い腰を揺らしながら、舞桜が俺に噛みつくようなキスをした。

「自分ばっかり、欲しかったみたいに、言わないで」

私だけのあなたが欲しいんですと、キスの合間に言われる。

――無意識に笑みが浮かんだ。

どうぞ存分に、という気持ちになって、俺は舞桜の片脚を高く持ち上げ、抽送《ちゅうそう》を再開した。

彼女が何も言わないのを免罪符《めんざいふ》に――欲望のまま乱暴にナカを犯して。

悲鳴のような嬌声《きょうせい》を上げていた舞桜が、限界とばかりに強く抱き締めてきた瞬間、彼女の奥深く――胎内に快楽の痕跡を吐き出した。

ドクドクと熱を注《そそ》ぎ込むと、舞桜のナカが今までになく収縮し、彼女も達したのだとわかる。

すべて注《そそ》ぎ終えたあと、彼女のこめかみにそっと口づけた。

「……もう一回、ですか……？」

僅《わず》かな疑念を含んだ問いを投げられた。

……したくないはずはないが、欲望を解放したことで相手を気遣う気持ちが戻ってくる。

「……さすがにそこまでひどい男になりたくない」

「いえもう大分ひどい男ですから……処女相手に、ここまで無茶するのってどうかと思うくらい、ひどいですから」

反論できない。

「でも好きです。……だから」

好きなだけ、抱いてくださいと微笑んだ舞桜を。

彼女の意識がなくなるまで――正確には寝落ちするまで、抱き潰すことになった。

結局、俺の理性なんて、舞桜に「好きです」と微笑まれただけで吹き飛ぶ程度のものなのだろう。

6　転機

――腰が痛いというか、重いというか。

まだ、中に……その、環先生が入っているような違和感はあるものの、動けなくはない。

ベッドの隣では、当然環先生が眠っている。

寝顔も綺麗だなあと思った直後、私はあることに気づいてバッと羽根布団を剥《は》ぎ取った。

「……ん」

寒くなったのだろう、環先生が不服そうに声を漏らしたけどそんなことは問題ではない。

私の体は、下着も着けていない素っ裸に、ホテル備え付けのナイトウェアを羽織っているだけだった。たぶん環先生が着せてくれたんだとは思うけど。慌てて、きちんと着直した。

だけど環先生は、服を着ている……昨日私を迎えに来てくれた時の、シャツとスラックスのままだ。シャツのボタンはいくつか外れているものの、このまま外に出られる姿だ。

つまりこの人、昨日、結局脱がなかったのだ！　シャツの前ははだけていたけど、完全には脱いでいない。なのに私は、全裸を見られている。

……不公平だ。

環先生はお医者様なので、女性も男性も裸体なんか見慣れてるかもしれないけど。私には、そんな経験はない。

――見たい、かも。

すっと脳裏を横切るはずのそれは、消えることなく留まり、「見れば？」と私を誘惑してくる。

でも、寝込みを襲うのはよくない。見る前に環先生の同意を取って……

――でも私は、隅々まで見られたし。なら、環先生のも見たってよくない？

「…………」

お父さんお母さんごめんなさい。あなた方の長女は、ふしだらな娘になりました。

悪魔の誘惑に耐えきれず、そっと環先生のシャツのボタンを外し、肌を露出させた。下はさすがにやめておく。朝から色々と刺激が強すぎるので。

――そうして目にしたのは、ムカつくくらい綺麗な体だった。

顔も綺麗なのに、体まで綺麗。細マッチョとまではいかないが、しなやかな筋肉が無駄も不足もなく、すらりとした体を包んでいる。

綺麗な体を見ていると、触りたくなるのは自然のこと。

……いいよね？　昨日、私が「私だけの環先生が欲しい」って言った時、ちょっと嬉しそうだったし。少しくらい触ったって、問題ないよね？

セクハラでも痴漢でも痴女でもなく、精神的な安定だ、うん。

私は自分に言い訳をしまくって、「よし触ろう」と決めた。よく考えなくても、恋人の体を触って「精神安定」というのはおかしい、という冷静な思考は無視する。

「…………失礼します」

一応断って、意外にしっかりしている首筋に触れた。とくんと脈が感じられて、温かい。

そういえば昨日、私、ここにキスされまくったなあと思って、同じように、環先生のそこへ口づけてみた。

唇に直接脈の振れる感覚がして、何だかぞくぞくする。

……これが、征服欲というやつだろうか。

次に、肩を撫でた。ここにも綺麗に筋肉が乗っていた。

そっとキスしても無反応だったので、軽く歯を立ててみる。「ん」と小さな声がしたものの、そのあとの環先生からは規則正しい寝息が聞こえるだけだ。よかった。

胸とお腹――無駄な脂肪のない割れた腹筋と、程よく引き締まった体に触れていると、つくづく、この人は綺麗だと思う。

私なんか、胸は女だから当然としても、お腹とか二の腕もやわらかいから悔しい。

……食生活はめちゃくちゃなはずなのに、こんなに整った体を維持しているのは、やはりジム通いをしているからだろうか。体力作りの為と言ってたけど、見た目がよくなるなら私も通おうかな。

そう思いながら、無意識に環先生の体をあちこち撫で回していたら……

「……舞桜。何がしたいんだ」

ぱちりと目を開けた環先生に、開口一番そう言われた。

「朝っぱらから男の服を脱がせて体を撫で回すとか、何を考えて」

「昨日、環先生がやってたことですけど」

それ以上のこともされたし。

私が言い返すと、環先生は形のいい顎《あご》に指を当てて考え込んだ。そして。

「……俺がしたのは夜なんだが……朝から誘ってる？」

とんでもないことを、のたまった。

「誰が処女喪失の翌朝から誘いますか！　見たかっただけです！」

「見るのはまだしも、あんな風に撫でたりキスされたら、男の体は反応する」

そう言って、環先生は私の体を引き寄せた。ぐ、と硬くなったものを押し当てられる。

「別に、好きな女でなければ我慢できるんだけど。申し訳ないが、俺は君が好きで仕方ないから」

「――……！」

「責任を取ってほしい」

二泊するなら問題ないだろ、と耳元で囁《ささや》かれた。私が、環先生の声にとても弱いことを、しっかり覚えられている。

「優しくできる自信はないけど、まあ、煽《あお》ったのは君だから」

――そのあと、私は「自業自得《じごうじとく》」「自己責任」という言葉を、全身で理解させられた。

＊　＊　＊

先週で、環先生の専属クラークとしての勤務は終わった。

私が受けた内示は、クラークとして再研修ののち、適切な科に配属されるというもの。

つまり、しばらくは実務なしの研修だ。……役立たず認定である。

新しい環先生の専属クラークは、和久井《わくい》さんという五年目の女性だそうだ。彼女が困らないよう、先生に許可をもらって、異動する前に手書きカルテに色々と付箋をつけてきた。

環先生直筆の指示欄に、この字は血液検査、これはレントゲン、こっちは採血その他と書き添えていく。そして薬剤名と容量。絶対に間違ってはいけないから、念入りに確認して仕上げた。

大瀬さんは「そこまでしなくてもいいのに」と言い、口にはしないものの環先生も同じような気持ちっぽい。

今回の異動に思うところがあるのは私も同じだけど、でもそれは、後任の和久井さんには何ら関係のないことだ。

何より、何度も指示を聞き返されたり、間違えて送信されたりする方が、環先生の仕事に差し障《さわ》る。私のせいで迷惑をかけたのに、これ以上困らせたくなかった。

そんなわけで、今週から私はクラーク課に出勤することになった。ここに来たのは、入職以来初めてだ。

私の場合、内定の時点で環先生に付くことが決まっていたので、書類や保険証諸々も総務課の草葉さんに直接もらった。あの時点で特別待遇だったのだと今になって気づく。

だからクラーク長と面識がないのだけど、不思議なことに、同期や一年先輩のクラーク仲間からも「そういえば知らない」という答えが返ってきた。

もっと経験の長い先輩方は知っているみたいだけど、何となくお茶を濁《にご》すように「会えばわかるから」との答え。

これから直属の上司になる相手の名前も顔も知らないってどうなの、と思ったけれど、「クラーク長は滅多に出勤しないから」と説明された。

……その「滅多に出勤しないクラーク長」が、私の再教育の為にわざわざ出勤してくるのかと思うと、申し訳なさに気が重くなってくる。

大瀬さん曰《いわ》く、役職が上の人ほど、あまり顔を出さなくなるらしい。

……うう、胃がキリキリしてきた。

痛む胃を押さえながら、私はクラーク長室に向かう。

クラーク長室は、医事課との連携が多いクラーク課に隣接された部屋なんだけど——

あの、ここは職場……ですよね？

胡桃《くるみ》材の扉には金色のノッカーが付いている。……繰り返すけど、ここ、一流ホテルや大企業の役員室ではないはずだと思うんですが。

おそるおそるノッカーを鳴らすと、「どうぞ」と女性の声がした。

「失礼します。御園――」

「舞桜ちゃん、ね。久しぶり。環とはいい加減ヤッた？」

「……」

返答に困る挨拶《あいさつ》には、沈黙を返すに限る。

そう思った私の前で、「梓さん」が笑っていた。


「ここね、私の鳥籠みたいな場所なのよ」

だから内装も何もかも好きなようにさせてもらったわと、梓さんは言った。

今日の梓さんの装《よそお》いは、白のパンツスーツにオレンジのブラウスとハイヒール。よく似合っているけれど、私は梓さんが自嘲《じちょう》するように言った言葉が耳に残った。

「鳥籠……？」

「そう。篠宮っていう鳥籠。婚約者に先立たれて結婚する気をなくしたいかず後家《ごけ》の娘《わたし》の為に、死んだ父が用意させた役職と勤務場所」

室内は、大きな採光窓から入る陽光を受けて明るい。ガラスのサイドテーブルの上にはファックス電話。

それから、チェリーウッドの机とふかふかな椅子。ソファセットは優雅な猫足。

……猫足ですよ、ええ。現物は初めて見た。

「建物が病院でしょ？　だからルイ・キャーンズで揃えたの。家の部屋はルイ・セーズだけどね」

どうしよう、梓さんが何を言ってるかわからない。

「ルイ・キャーンズはフランスのルイ十五世時代のロココなデコラティブ。ルイ・セーズはルイ十六世のネオクラシックのこと」

私がわからないということをすぐ察して、説明してくれる。

「病院だもの、明るい雰囲気の方がいいでしょ？　私としては、重苦しいのも好きなんだけど」

春は特に暗いのがいいわ……と、梓さんは遠くを見つめるように呟いた。梓さん、今は夏です。

壁紙は、薄い青と紫みたいな綺麗な色合い。そこに何枚かの絵が飾られている。

「これはね、モーヴ色っていうの。綺麗でしょ」

「はい」

にこっと笑った梓さんは、私にソファを勧めて、紅茶を淹れてくれる。

「今回の話は、あちこちから聞いてるのよね。環は不当だって怒ってて、隆《たかし》くんは正当な異動だって言って、始達は『環が怒るならそのクラークを元に戻せ』だし」

隆さんというのは、事務長のことだ。環先生の叔母様のご主人だけど、梓さんは晃先生の妹だから、姪《めい》の夫になるのかな。

「まあ始達はどうでもいいわ、あの四人は環が納得すれば黙るから。——ちょっと調べてみたけど、どうしてあなたが異動させられたのか、私にも、わからないのよね」

音もなく置かれたティーカップはオーストリアの老舗《しにせ》ブランド品……一客数万円のお品だ。

「それは、私がクラークとしての仕事を全《まっと》うできなかったからで」

「あなたを研修もさせずに、いきなり環の専属にしたんだから、それはこっちの落ち度でしょ？」

「医療事務とクラークの経験はありましたし」

私の答えに、梓さんは納得しない。細いティースプーンで紅茶をくるくるかき回しながら、私の反応を見ている。

「でも、投薬ミスや医療過誤が疑われた場合の対応については？　病院によって対処法は違うわよね。うちのやり方、教えてもらってた？」

「……いえ」

「環の指示がないのに『帰れ』ってあなたを帰したナースが、まず職権を逸脱してるの。あなたに問題があったとすれば、あの場でクラーク課のリーダーに、対応について確認しなかったこと。でもその日は、私が出勤してなかったから無理な話。あなたはちゃんと電子カルテを印刷して、環の手書きカルテも用意して持っていった」

私の向かいに座り、紅茶を飲んで、梓さんは言った。

「だからあなたに問題はないって、私も環に賛成なんだけど……不当処分でも、あなた自身が受け入れちゃってるのよね。研修といいながら、トレーナーも手配されてない、めちゃくちゃな処分を」

「……はい」

環先生は、それが納得できないらしい。口にはしないけど、何故受け入れたのかと訝《いぶか》しんでいる。

週末、環先生に急用が入らなければデートする約束だけど——その時に、話し合うつもりではいる。

それまでに、私がこの処分を受け入れた理由を環先生にわかってもらえるように、きちんと整理しておきたい。

＊　＊　＊

金曜日の夜は、環先生に会える。

職場で顔を合わせることが激減——皆無になったので、環先生の様子はわからない。

今日、すれ違った大瀬さんに「環センセが行き詰まってるからどうにかして！」と言われたけど、何があったんだろう。

お昼ご飯を食べて、クラーク長室に戻ると、デスクに座っていた梓さんが顔を上げた。

「お帰りなさい。午後にはちょっと早いけど、今、いい？」

「はい」

私の定位置と化した、梓さんお気に入りのロココなデスクセットに座る。パソコンと接遇《せつぐう》マナー本を片づけて、話を聞く体勢を整えた。

「んーと……舞桜ちゃん、看護師とかになる気、ある？」

「へ？」

唐突な質問に間抜けな返事をしてしまった私に、梓さんは苦笑した。

「薬剤師でも検査技師でも何でもいいわよ」

「いえ……私、ガチガチの文系ですし……環先生みたいに理系もできるけど文系の方が得意っていうんじゃなく、本当に理数が駄目なんです。それに、看護師も薬剤師も学費がかかりますし」

「学費なら私が出すわよ」

「え、梓さんにお借りする理由がありません」

「誰が貸すって言ったのよ。あげるのよ。結婚祝いよ、環との」

――飲み物を口にしてなくてよかった。絶対噴き出すか零《こぼ》すかするところだった。

「……プロポーズもされてないのに、何をおっしゃってますか」

「だって環、舞桜ちゃんをうちに連れて来たでしょ？」

結婚前提の交際だって、ちゃんと聞いてるでしょ？　と言われると、確かにその通りではある。

環先生は、行き着く先は結婚なんだから、交際するなら結婚前提だと言っていた。

「あ、でも、私と環先生は……その、お互いの気持ちが恋愛的なものかどうかを確かめる意味合いもありまして」

「恋愛感情だってわかったからヤッたんでしょ」

――どうして梓さんはこうストレートに言うかなあ……！

「わかんないと思った？　ふふふ、舞桜ちゃんの肌が前とは違うもの、一目瞭然《いちもくりょうぜん》よ」

「肌……？」

「そ。オトコを知った肌になってる」

くすくす笑いながら、私の首元を指さす梓さんに、私は反射的に、ばっと全身を抱き締めてしまい――爆笑された。

「馬鹿正直で可愛いー！　そんなの覗《のぞ》いたわけじゃないから、わかるはずないでしょ。カマかけただけよ」

……この人は本当に晃先生の妹なんだろうか……紳士で上品な晃先生とは、あまりにも違いすぎる。

いや、こんな言葉が全然下品に聞こえないくらい、育ちのよさが滲《にじ》み出ているあたり、やっぱり兄妹だからか。

「普通に考えて、環が家に連れて来てから一ヶ月以上でしょ？　──ヤッてないわけないじゃない」

「あんまり連呼しないでください」

「まあそれは置いといて」

「はい」

置いてくれるなら私も触れまい。

「クラークの仕事を続けてもいいんだけど、私としては、環を『篠宮』から出してあげたいのよね」

「は……い？」

「このままここでずっと勤めてもいいんでしょうけど、独立もいいかしらって思ったの。個人診療所なら、学会にも行きやすくなるし。──あの子、学習意欲が高いから」

……うん。それは私も知っている。

環先生は箱入り息子だけど、私が知る限り、誰よりも勉強熱心な人だ。

医師というステータスの為でなく、その務めの為に努力することを惜しまない。

「だから、環を独立させてあげたくて」

「……」

「なーに、嫌なの？　嫌なら医療事務のままでいいわよ、看護師は別に探せばいいんだし」

「嫌ではないんですけど。梓さん、その独立開業って、環先生の意思確認してます？」

「してない」

気持ちいいくらいに悪びれない即答だ。

「黙っているのに理由はあるのよ。環を独立させるつもりだ、なんて知ったら――」

「知ったら？」

「始や基、円、遥が何をやらかすかわかんないでしょ」

「…………」

「あの四人、揃ってブラコンだから……」

知ってます。院内でお会いする度、「一日も早く君を環の専属に戻すから待っていてくれ」と言われてます。

「梓さん」

「何」

「環先生が、環先生の意思で独立したいと考えてるなら……私も役に立てるように頑張りたいと思います。でも」

私はそこで言葉を切って、梓さんの視線を真っ直ぐ受け止めた。

「環先生が望んでないことは、したくありません」

「……ナマイキ」

眉をひそめて、それでも笑いながら梓さんは私の言葉を拒否しなかった。

「舞桜ちゃんは、兄さんのことが好きなんだと思ってたけど。ちゃんと環のことも好きなのね」

「すみません、訂正させてください。晃先生は憧れだし初恋ですけど、私が男の人として好きなのは、環先生だけです」

「それ、環に言ってあげなさいよ……あの子、結構気にしてるから」

「何をですか」

「舞桜ちゃんの初恋が兄さんなこと。——恋敵《こいがたき》が自分の祖父って、なかなかきっついわよ？」

「初恋って、過去のことですし……」

「それでも。——環は、兄さんに劣等感を持ってるから」

「劣等感？」

私の問いに、梓さんは「これ以上はプライバシーだから駄目。でも、恋人になら言うかもね」と軽やかに笑うだけだった。

――環先生が劣等感。

そんなものあるの？　顔よし頭よしスタイルよしのお金持ち、学歴も素晴らしくて職業も医師。マイナス要素なんて、どこにもないと思うんだけど。――惚れた欲目を抜きで。

ふう、と溜息を漏らしつつ、環先生との待ち合わせのカフェに向かう。

今日は入院患者さんを回診してからになるから、少し遅くなると言っていたので、案内された席でリラックス効果のあるハーブティーをオーダーした。アイスドリンクより、温かいものの方がゆっくり時間をかけられる。

環先生が独立するなら、ついて行きたい気持ちはある。来るなと言われたら諦めるけど、スキルアップして、もう一度食い下がるくらいのことはするつもりでいる。

ただ、その為に勉強する意欲はあっても、何をすればいいのかわからない。

凹《へこ》みかけた時、店内がざわついた……というか、浮き立った雰囲気を感じて、私は入り口に視線を向けた。

「――舞桜」

予想に違《たが》わず、環先生が主に女性客の視線を集めていた。彼は、纏《まと》わりつく視線をものともせず、私の座るテーブルの隣に立つ。

「すぐ飲みますから、少し待ってください」

私は温《ぬる》くなったハーブティーを一気に飲み干した。ちょっと苦しい。

でも、環先生を待たせるのは嫌だし、というか女性陣の視線から早く環先生を隠したいし。

「一気に飲まなくても」

「いいんです。出ましょう」

私が伝票に手を伸ばしたら、ほんの少しの差で環先生に取られた。

「自分で払います」

「待たせた詫びだ」

――そう言って、毎回払わせてくれないから、基本的に前払いのお店を希望しているのだけど。今日は、時間が読めないというから、ここにした。

環先生は素早く会計を済ませると、店の前で待ってもらっていたらしいタクシーに乗るよう促《うなが》してくる。

「今日は俺も飲むから、運転はやめておく。……話したいこともあるし」

そう言って、後部座席の隣に座ってきた環先生は、レストランでも小料理屋でもなく、
五つ星クラスのホテルの名前を運転手に告げた。

ホテルの中のレストランで食事して、ラウンジで飲むつもりらしい。

つまりそのあとは、そういうことだ。

……先に言ってくれたら、下着とか可愛いのを選んだのに！

その行為をするかどうかは、互いの気分もあるんだろうけど、する可能性があるなら、先に言ってほしい。女にはそれなりに準備というものがある。

というか、デート二回目で、その行為……まさか環先生にとってはデートとセックスはセットなのだろうか、と心配になる。

困惑と羞恥《しゅうち》で俯《うつむ》いた私の髪を、しなやかな指でさらっとかき上げながら、露《あら》わになった耳に直接「可愛い」と囁《ささや》いた。それ……ほんと、やめてほしい。

バックミラーで運転手さんに見えてないことを祈る私の頬は、焼けるように熱くて、心臓は早鐘を打っている。……私は、未だに環先生の声に、どうしようもなく弱かった。


ホテルのご飯って、おいしいけど高いなあと毎回思う。場所代が含まれているのは当然として、サービス料って何。十五％も取るって、それもう外国のチップと変わらなくない？

更にそれに消費税がかかるなら、その分を普通にお値段に上乗せすればいいじゃないと思う。

……と、ラウンジで環先生に愚痴《ぐち》っているのは、今日も割り勘にしてもらえなかったからです。

たまに、お茶くらいなら奢《おご》らせてくれるけど、彼が使っているお金の額は確実に桁違いだ。このホテル代だって、たぶんとんでもない。

そして私が無意味な愚痴《ぐち》を続けているのは、環先生の雰囲気がいつもと違うというのもあった。

どこか思い詰めて見えるから、私は、話すつもりだったこと——異動を受け入れた理由を口にするタイミングが掴《つか》めないでいる。

何かありましたか、話したいことって何ですかと率直に聞いたら、「やっぱり、まだ言えない」と言われた。言えない、と言われたら、それ以上は追及できなくなる。

——知らないことばっかりだ。

環先生の劣等感も、今、何に悩んでいるのかも、私は知らない。

恋人のはずなのに……直接顔を合わせていなくても、昨日だって電話で話したのに、何も気づけない自分が悔しい。

じんわりと涙が滲《にじ》んできたのは、少し酔ったせいかもしれない。

「……環先生」

「ん？」

「私、帰ります」

「舞桜？」

「帰る」

繰り返した私に、環先生は困ったように笑った。

「俺はもう少し一緒にいたいんだけど」

駄目か？　と優しく甘い声で聞かれる。いつもなら頷いていたかもしれないけれど、今日の私は頑《がん》として拒否した。

「や、です。帰る」

駄々っ子のように「帰る」と繰り返すと、環先生はわかったと頷いた。

「じゃあ、車を手配してもらうから少し待って――」

環先生は優しい。私の我儘《わがまま》にも怒らない。

今日はお泊まりでデートのはずだったのに、途中で「帰る」と言っても責めない。それどころか、理由も聞かずに車を呼んでくれる。

その優しさに理不尽な怒りが湧き上がってきて、私は立ち上がった環先生のジャケットを掴《つか》んだ。

「嘘。帰りたくない」

「……舞桜。酔ってるのか？」

顔は赤くないけど、と瞳の色合いを確かめようとする環先生に、首を横に振って否定した。

「帰りたくないけど、環先生が何も話してくれないなら帰りたい」

「……話したくないわけじゃない、けど……切っ掛けが掴《つか》めない」

とりあえず出ようと言って、環先生は私を連れてホテルの部屋に向かった。

スイートだろう部屋は角部屋で、夜景が綺麗だ。そして、人恋しいほど広くて肌寒い。

だけど素直に環先生に抱きつくこともできなくて、私はソファに座り込んでいた。

「拗《す》ねてる？」

「……拗《す》ねてます」

「どうしてって聞くのも馬鹿馬鹿しいな。俺のせいなのはわかってる」

少しだけ困った顔をしながら渡された、オレンジジュースをちびちび飲んだ。

「……行き詰まってるって、大瀬さんから聞きました」

私の言葉に、環先生は否定せず頷いた。

「行き詰まってるというか悩んでることはある。だけど、それについてはまだ言えない。もう少し悩ませてほしい」

私も頷いた。気づけなかったことは悔しいけど、環先生の悩みを暴《あば》きたいわけじゃない。

「いつなら言えますか」

「……一ヶ月以内には」

「じゃあ、それは待ちます」

環先生は嘘をつかないから、ちゃんと待てる。その代わりに、私は異動を受け入れた理由を話すことにした。

「代わりに、私の話を、聞いてくれますか」

「俺にできることなら」

ここで「君の言うことなら何でも」みたいに甘い言葉を言えない環先生が好きだなあ、と思う。そういうのに憧れないわけではないけど、憧れよりも、環先生の方が好きだし大切だ。

「私が、異動を受け入れた理由です。ちゃんと話し合いたくて」

「……わかった。聞く」

少し不満げにしつつも、頷いてくれた。……裏で、お兄様方と一緒に事務長に抗議しまくっているという梓さん情報は、事実だったらしい。

「異動というか研修を受け入れたのは、少し冷静になった方がいいと思ったからです。私も、環先生も」

「ミスをしてないのに、処分される謂《いわ》れはないだろう」

「処方ミスじゃなかったとしても、あの時の私の対応が未熟だったことに変わりはありません。今も未熟ですけど」

「君は新人なんだから、そこをフォローするのは俺の……」

「それじゃ駄目なんです。医師をサポートするのが私の仕事です。フォローされるようでは、本末転倒です」

そもそも、環先生も大瀬さんも「環先生の字が読めるクラークだから」と最初から私に甘かった。なのに、私はそのことにすら気づいていなかった。

そんな甘えが、あのミスの際の対応に出てしまったんだと思っている。

どんなに抗議されても事務長が異動を撤回しないのは、きっと環先生や病院を守る為だろう。

……だから、もう二度とあんなことがないように。

環先生だけじゃなくて、誰の迷惑にもならないように、きちんと仕事ができるようにならなきゃいけない。でないと、社会人だなんて胸を張って言えないから。

そう思ったから、異動と研修を受け入れた。

「……と、私なりに考えたんです」

「理屈はわかるし、君の気持ちもわかる。でも俺は、納得できなかった」

言葉を尽くしても駄目なら、次はどうすればいいんだろう。仕事ぶりで納得してもらうには、まず研修を終わらせないといけないし、その間ずっと、環先生とぎくしゃくするのは嫌だ。

たぶん眉間に皺《しわ》を寄せた私に、環先生は困ったように苦笑した。

「……俺は、納得できなかった、と過去形で言ったつもりだが」

「え」

「要するに――君はとても真面目で、俺がどうしようもなく駄々を捏《こ》ねているだけだ」

そう言うと、環先生はぽすんと私の肩に顔を埋《うず》めた。

「……捨てられるのかと思った」

「どうしてそうなるんですか！」

「君だけ不当に処分されたのに、俺は何もしてやれなかった。それどころか、自分だけ実家に庇《かば》われてる。そんな男、愛想を尽かされても仕方ないだろう」

「……ほんっと、環先生は自己評価が低いですね……」

それもこれも、梓さんの言っていた「劣等感」からくるものなのだろうか。

「――劣等感って、何ですか」

「は？」

私の髪を解いて、少しずつそーいう雰囲気に持ち込もうとしていた環先生は、自己評価は低いけど計算高いと思う。

「梓さんが言ってました。環先生は、晃先生に劣等感があるって」

私の言葉に、環先生は苦い顔をした。

劣等感についてなんて、直接聞くことではない。だけど、私は環先生相手に駆け引きができるほど、聡《さと》くはない。

「梓さんの口振りからして、私の初恋が晃先生なことだけが理由じゃない気がして」

「……だから。それはやめろ。じいさまが君の初恋だって聞かされるのは、いい加減嫌だ」

「事実ですし」

「舞桜」

ちょっと強い口調で、環先生が苛立ったように私を呼んだ。

「色々あって、俺も余裕がない。あまり苛立たせないでくれ」

「……私だって」

子供に言い諭《さと》すような言葉に、むかっとした。

「私だって色々あります！　でも、私なりに考えてるし、環先生が悩んでるなら力になりたいって」

「君のことで悩んでるのに、君がどうにかできるわけない」

「なら！　捨てられるのは私じゃないですか！」

ぽろっと零《こぼ》れた涙は、無意識だった。こんな風に泣くのはずるいから嫌なのに、止まらない。

「どうせお試し交際だし、デートらしいデートもしてないし、することはしたけど、それもお酒の勢いで私が既成事実作っただけだし！」

「……そう聞くと、かなりひどい男だな、俺は」

「……どうして」

どうして、好きになっちゃったんだろう、と思わず呟く。

何故か環先生が硬直してるけど、どうしましたかとか聞く余裕なんてない。

この人に恋をして、初めてわかった。私の晃先生への気持ちは、恋じゃなくて憧れだ。

過去に付き合った人への気持ちも、恋じゃない。

だって、あの時は少しも苦しくなかった。切なくもなかった。

ただ、好きだと言われて同じ気持ちだと思ったから付き合った。「好き」という気持ちに、こんなにも違いがあるなんて知らなかった。

「俺は自分が不器用だと知っているが、君も大概だな」

そっと、壊れ物を扱うように私の髪を指で梳《す》きながら、環先生は静かに言った。

「恋を知らないから、愛どころか、自分の気持ちもわからない」

——私は、もう「恋」は知ったもの。

だから環先生とは違うと思って、宥《なだ》めるように髪を梳《す》く指を払いのけようとしたら、きつく抱き締められた。

「試すも確認もない。――最初から、俺は君が好きだった。これが恋だと知らなかっただけで」

ゆっくりと、自分の中の気持ちを探るように環先生が恋を語る。

「――うん。これが恋か。すごいな、自分のことなのに全然わからない」

感心したように笑って、環先生は熱っぽい瞳で私を見つめた。

「舞桜。恋と愛は、どう違う？」

……そんなの、私だって知らない。

だから、同じだけの熱で、彼の唇にキスをした。

――今は、「恋愛感情」じゃなくて、愛すること、愛されることが知りたいから。

……うん。誘ったのはたぶん私の方だ。それは認める。

だけど、シャワーを浴びたいとお願いしたら、何故か一緒にバスルームに入ることになっていた。

肌を重ねたことはあるけれど、ホテルで一緒にお風呂というのは死ぬほど恥ずかしい。だって大きな姿見があるから！　一流ホテルだけあって、まったく曇らないクリアな姿見だから！

だけど、私は環先生の声に弱い。特に、こういう時の、少し甘えた声に、どうしようもなく弱い。

『なら、一緒に入りたい』

――あの、腰にクるというか、聞いてるだけで妊娠しそうな甘い声でねだられて、拒否できるわけがないのだ。

桜色の大理石のバスタブにできるだけ深く沈んでいると、環先生が「舞桜」と呼んだ。出てきなさいという意味だ。

「……」

恥ずかしいのに、逆らえない。

タオルも持ち込ませてくれなかったから、全裸で環先生の隣に座る。ふわふわに泡立てたボディソープが私の体を包んだ。

「自分で洗いますって、言ってるんですけど」

「だって君、俺が触ると」

そう言って、胸元を泡で撫でる。

「汚いからだめ、って言うだろ。なら、俺が綺麗にすればいい。君が何をどう言おうと、洗ったのが俺なら、汚いなんて思わない」

論理的な思考から導いた結論だと言われたものの、そういう問題ではないし、論理的でもない。

「その理屈はめちゃくちゃです」

「そもそも、男を受け入れる為の場所なんだから、綺麗とか汚いとかどうでもよくないか」

「ほんと情緒も何もないですね、環先生は！」

好きな人に触れられるなら、——特にあんな場所を舌や指であれこれされるなら、少しでも綺麗にしておきたいと思うのは当たり前だ。

「君の名前と同じで、綺麗な桜色なのに」

「やめてください、私、自分の名前すら恥ずかしくなります」

……こうやって、私の体については綺麗だ何だと言うくせに。

私が……いわゆるフェラをしようとすると、環先生は嫌がるのだ。汚いから駄目って。

何そのダブルスタンダード。

「私にはさせてくれないじゃないですか。じゃあ私も洗うから、させてください」

「どうして君はそこだけは積極的なんだ」

セックスしてる時は、恥ずかしがるくせにと言われた。セックスしたのは二晩だけど……回数はそれ以上である。

「……駄目ですか？」

「……好きな相手にそういうことされると、俺が保《も》たない」

「私も前回体が保《も》たなかったので、条件的にはイーヴンではないでしょうか」

「……」

環先生はふっと顔を背《そむ》け、私の体を丁寧に洗っている。性的な触り方ではないから、くすぐったいけど気持ちいい。

「私は全部環先生が初めてなのに、環先生は違いますよね。それ、私にさせたくないくらい、大事な人との素敵な思い出でもあるんですか」

「……舞桜。君、俺の過去を交渉に使う程度には強気になってきたな」

「過去は変えられませんから、こだわりません。なので、私が初恋は晃先生だと思っていたことも気にしないでください」

やはりこれは禁句なのか、環先生の手つきがちょっと乱暴になった。

それが可愛くて、私は隠していたもうひとつの事実を告げる。

「本気で憧れてましたし、理想だったので。十年近く片想いしてました」

――他の男の人と付き合ったのは、そろそろこの初恋に区切りをつけなきゃと思ったからで。

「……俺を嫉妬させて楽しいか？」

「とても」

だって、愛されてるなって思えるから。

毎日会えなくなったから、私は普段より環先生の愛情に飢《う》えている。

「嫉妬させて、怒らせて、めちゃくちゃにされたい気分です」

そう思うだけでなく実行する辺り、私は性格が悪い。

「言ってることは悪い女だけどな、舞桜」

シャワーのお湯で泡を洗い流しながら、環先生が笑った。

「そんな悪戯《いたずら》を思いついた子供みたいな顔で言われても――」

言いかけて、環先生は溜息をついた。

「……駄目だ。子供の悪戯《いたずら》レベルだってわかってるのに」

その気になるのはどうしてだろうな、と煩悶《はんもん》している姿が愛しくて、ぎゅっと抱きついた。

「のぼせたくないから、ここで煽《あお》るな」

――胸が背中に当たってふにゃりと潰れていることを、窘《たしな》められた。

「……っ」

キスの合間に、はぁ、と漏れた声は私のものか、環先生のものか。

お風呂から出たあと、ベッドに行くまでの間もずっと、私達はキスを繰り返している。

唇を食べ合うみたいな、互いの熱を確かめるキス。

環先生の濡れて色づいた唇を見て、私の唇も似たような状態なんだろうなと、ぼんやり思う。

優しくベッドに横たえられて、覆《おお》い被さってくる体を抱き締めた。首筋に腕を絡めてキスの続きをねだると、笑いながら唇の横に口づけられた。

軽く音を立てて吸われ、ふるっと体が震える。空調は完璧、だからこれはきっと快感だ。頬や鼻先、額《ひたい》、顎《あご》、唇を避けて環先生が私の顔中にキスをする。

「……くすぐったい」

体の奥から熱くなるような快感ではなく、ほんのり温かくなるような気持ちよさと、もどかしさ。続けてほしいけど、もっと強くしてほしい気もする。

私の言葉に、環先生がそっと瞼《まぶた》を撫でた。反射的に目を閉じると、瞼《まぶた》に唇と舌の感触がする。

「——全部触りたいけど、さすがにここは無理だな……」

「それはちょっと猟奇的」

「だから涙で我慢する」

泣かせると宣言されて、私の体は期待に震える。

「——何されるか、期待してる？」

「……少し、だけ」

頷くと、環先生はくすくす笑っている。

「最初に会った頃は、仕事しか興味ありません、俺のこともどうでもいいですって態度だったのに」

「……環先生だって、私のこと、字が読めるクラークとしか認識してなかったじゃないですか」

最初から好意を持っていたわけではない。お互いに。

でも、今は好きで仕方なくて、こうして軽口を交わすのは、溺《おぼ》れそうになる意識を少しでも繋いでおきたいからだ。

「そうでもない。わりと最初から、君のことは好きだった――と思う」

最後の一言が余計だ。

「私は最初から好きでしたよ、環先生の顔。晃先生に似てたから」

「……舞桜」

ああ、可愛い。晃先生の名前が出ると、年より幼い表情になる環先生が、ほんと可愛い。

だけどあまり頻繁《ひんぱん》に嫉妬させたいわけじゃない。

そんなの、環先生だって気分がよくないだろうし。

「だから、環先生がおじいちゃんになっても好きですよ」

「……それ、今ジジイなじいさまのこと好きって意味にも取れるんだが」

ちょっとからかいすぎたかもしれない。拗《す》ねっぷりがいつもより強い。

「晃先生は憧れで、恋愛的に好きなのは環先生です」

そう言って、広い肩口にかぷりと噛みついてみたら、ちょっと困った顔をされる。

「七つも年下の君に、いいようにされてるのが複雑だ……」

言葉とは裏腹に、口調は笑みを含んでいる。

そのまま、またキスをされた。深く合わせた唇と、少し熱い舌が私の口内をあちこちなぞってくる。舌を絡めたくて追いかけても、口蓋《こうがい》や頬の内側を舐《な》めながら逃げられてしまう。

悔しいから環先生の頬を両手で包んで固定し、舌を触れ合わせた。

――そうなると、私の体は無防備になるわけで。

空気に晒《さら》されてつんと立ち上がっていた乳首を、環先生の指が弾《はじ》く。そのまま、指先で輪を描くようにゆるゆると愛撫《あいぶ》され、声が漏れそうになった。けれど、キスをしてるから唾液ごと呑み込まれてしまう。

少し骨張った大きな手が、ゆっくりともう一方の乳房を揉む。乳首には触れず、周りの部分だけを撫でて刺激してくる。

もっと触れてほしくて、体を押しつけるけど、環先生は今日も意地悪だった。

「いつもはだめって言うくせに」

「だめって言ってもするくせに」

唇が離れ、からかわれたから反論した。

こういう時、私の「だめ」は聞いてもらったことがない。――「もっと」は八割聞いてくれるけど、二割は焦《じ》らされる。

繰り返すけど、普段は真面目なくせに、ベッドでの環先生は意地悪だ。

「耳もだめって言うし」

「だって、それは……や、だめ！」

私の唇を解放して、環先生は耳を愛撫《あいぶ》する。やわらかく耳朶《じだ》を噛み、舌が耳全体を愛《あい》撫《ぶ》するように動いて、時折、濡れた息を注《そそ》がれる。

「やめようか？」

「や、だめ、やめないで……！」

どっちなんだと自分でも思う。でも、環先生の声は私の性感帯をダイレクトに刺激する。触れられるだけで震えるくらいぞくぞくする耳に、蜜より甘い愛撫《あいぶ》とあの声を注《そそ》がれたら、それだけで達してしまいそうになる。

――実際、イッてしまった。

耳のすぐ下の部分をきつく吸われ、痕《あと》を残される。そこに全身の血と感覚が集中した隙に、環先生はさっきから弄《もてあそ》んでいた乳房に顔を寄せた。

大きな手が、乳房を持ち上げるように揉み、重さを確かめている。少し痛いくらいの力で揉まれるのが、気持ちよかった。

「ん……や、ぁん！」

濡れた舌先で乳首をつつかれたかと思うと、ねっとりと包まれる。舐《な》められ、吸い上げられながら優しく歯を立てられ、膝ががくがく震えた。

もう一方の胸でも指が悪戯《いたずら》に動いている。乳首を押し潰したり、掠めるようにしては、くるくると撫でたり、指の間に挟んできゅっと締めつけたりした。

――気持ちよくて、もう、何をされているのかわからなくなってくる。

私の胸元にある、環先生の色素の薄い髪をぎゅっと抱き締めると、「動けない」と笑われた。

「すごい感度だな」

女の体になってる、と言われ、そうしたのは環先生だと言おうとしたら、彼の指がソコに当たった。濡れた感触が自分でもわかって、恥ずかしくなる。

蜜の具合を確かめるように何度か撫でられたあと、環先生が体をずらして私の脚を大きく開いた。

「だから、それ、やだ……！」

「嫌？」

聞かれて、頷いた。だって本当に恥ずかしい。

「でも、ひどくしてって言ったのは、舞桜だから」

――ほんとにひどい。

太腿にキスしながら、環先生は私の秘部に顔を埋《うず》めた。閉じているそこを舌で広げて、くすぐるようになぞる。敏感な場所へのゆるやかな刺激は、強い羞恥《しゅうち》と快楽、それから物足りなさを感じさせた。

「あ、や……あ！」

くちゅ、と濡れた音がする。恥ずかしさと気持ちよさで揺れそうになる腰を必死に我慢しているのに、無意識に脚を環先生の体に絡みつけてしまう。

もっと触れてほしいとねだるような反応に、泣きたくなった。

十分に潤《うるお》っている秘部に、環先生の指が挿入《はい》り、唇はそのまま花芽を剥《む》いて食《は》んだ。

瞬間、軽く達した私の中から溢《あふ》れたものを、環先生が指を引き抜いて、舐《な》め取った。

そして、止める間もなく体を反転させられる。

「え」

「腰、上げて」

私の答えを待たずに腰を抱えられ、お尻にキスされた。

今まで経験したことのない体位に戸惑っていると、再び環先生の指が秘部に侵入してくる。それも、いきなり二本。

私が達するポイントを知っている指が、そこに軽く触れる。あと少し強く押されたらイける、というギリギリの強さで撫でてきた。

「ん……、や……！」

枕を抱き締めて嫌がると、宥《なだ》めるように背中にキスが降ってきた。

背骨を辿《たど》るみたいに唇を這《は》わせ、ちゅ、と音を立てて吸い上げられる。そこで初めて、背中も性感帯なのだとわかった。

——というか、環先生に触られているということが、私を過剰に反応させている。

背中や項《うなじ》に口づけの痕《あと》を残される度、私のナカがきゅうっと締まって、早くここをいっぱいにしてほしいと訴えてくる。

「舞桜」

後ろから囁《ささや》かれると、顔が見えない分、いつもより声の破壊力が強い。

ふにゃりと崩れかけた体が、環先生の片手で簡単に支えられる。

「挿入《はい》っていいか？」

頷くと、避妊具を手早く着けた環先生が、ゆっくりと挿入《はい》ってきた。その感覚だけで、達してしまいそうなくらい優しく、焦《じ》らすように。

初めての角度だからか、ひどく感じてしまって、私は枕を噛んで声を堪《こら》えた。

——何これ、気持ちよすぎ……っ。

初めての時、最奥《さいおう》まで貫かれたと思っていたのに、今日はそこより更に深いところまで届いている気がする。硬い部分や、張り出したところが内壁を擦る感覚が、全然違う。

「あ……っあん、ん……っ！」

やだとか、だめとか、そんな言葉は出なかった。ただ、気持ちいいとしか感じなくて、甘ったるい声が零《こぼ》れてしまう。

「……っ、舞桜、あまり締められると、俺も持たない」

「だって……っ、気持ち、い……！」

ナカがきゅうきゅう動いて、無意識に環先生を締めつけてしまう。

すっかり環先生の形を覚えてしまった私の胎内は、初めての時みたいな感覚で、でも痛みがない分、ひたすら気持ちよくて。

環先生がゆっくり動き出すと、私の体も勝手に——ううん、私の意思で動いていた。

お互いに、自分と相手の気持ちいいところを探るような動きは不規則で、次がわからないから、不安と期待で尚更快感が深くなる。

「せんせ……ね、きもち、いい……？」

「ん。ヤバい」

短く答える環先生の声も、荒く乱れている。

環先生が支えるまでもなく、私の体は腰を上げたまま、先生の動きに合わせてゆらゆら動く。環先生は突き上げるリズムを変えながら、私と自分の感覚を測っているようだ。

「舞桜。名前、呼んで」

「っ、たまき、さ……っ」

ベッドのスプリングが軋《きし》むほど、速くなった律動に合わせて、私も淫《みだ》らに動いた。

肌のぶつかる音と、繋がった部分の濡れた音、それから意味をなさない私の嬌声《きょうせい》と、環先生の乱れた息遣い。

「ん、イッちゃ……何、あ、くる……っ！」

達しそうになった時、今までとはまったく違う何かが襲ってくる感覚がした。

「や……！」

怖い、と思った時。

環先生の手が、優しく髪を撫でてくれた。ふっと反射的に力が抜けて、なのに私の一番深い部分が環先生を絞り上げるように蠢《うごめ》く。

「……っ！」

環先生の低い呻《うめ》き声がしたと同時に、私の中からどくどくと蜜が溢《あふ》れ、目の前が真っ白——真っ赤——よくわからなくなって、意識を手放した。

そのあと、意識が戻った私を、環先生は再び抱いた。

呆れるくらい何度も抱き合って——環先生が「もうゴムがない」と言うまでセックスした。

お互い不器用で、実質的に初恋なものだから……遠回りしたけど、それも必要なことだったのかもしれない。

あのまま「お試し確認交際」を続けていても、私達はたぶん自分の気持ちが恋だと気づけなかったかもしれない。特に私が。

恋と憧れの違いすら理解できなかったんだから。

隣で眠っている環先生に「好きです」と小さく告げてから、私も二度寝の体勢に入った。

……実は起きていた環先生が、事後の甘く掠れた声で私の耳に囁《ささや》く。

本当にこの人の声は、私にとって抗《あらが》えない媚薬《びやく》のようだ。

「——俺の方が惚れてる」

……聞こえなかったふりをしたけど。

反論したかったけど。

その声と言葉の媚薬《びやく》には逆らえなくて、結局——今度は避妊しないで、コトに至ってしまった。

「別に、先に子供ができたところで、俺は順序なんかどうでもいい」

——その情緒も何もない言葉は、まさかプロポーズでしょうか……？

7　恋には波乱がつきものです

付き合って数ヶ月。結婚してもいいという気持ちから「結婚したい」と思うようになったというのに――俺は舞桜に言えない「悩み」にぶち当たってしまった。

未だに舞桜は期間未定の研修中。そして、俺には何の処分もないままだ。

それは、ひとえに俺の立場によるものだろう。「院長の孫」に、余計な傷は付けたくないらしい。

――舞桜とは、今までほぼ毎日会っていたから、彼女が足りなくてつらい。

毎日電話したりメッセージのやり取りはしているが、正直、抱き締めてキスしてその先もしたい。

舞桜は、上司となった梓さんから可愛がられているようで、研修は楽しいと言っていたが……俺は全然楽しくない。

週末には舞桜に会える。ただ、それまでが長すぎると思いながら仕事をして、自宅に戻った。

入浴と食事を済ませたあと、数日前に買った医学書を読んでいたら、スマホが着信を告げる。

舞桜用にセットした音ではないのを残念に思いながら、表示された名前を見ると、「沢渡《さわたり》」とある。

大学時代の同期で悪友、博士号を取ると言って大学院に進学した奴だ。

『やあ心の友』

「そんなものになった覚えはない」

毎回お決まりの挨拶《あいさつ》だ。悪友ではあるが、親友というにはむず痒《がゆ》い。

沢渡は一代で世界規模の資産家になった沢渡グループの一人息子だ。なのに、経営にはまるで興味がないらしく、大学も学部もサイコロを振って決めたという、少しばかり風変わりな男だった。

『急な話だが、篠宮、こっちに来る気はないか』

「本当に急な上に前置きなしか。こっちってどこだ」

『一応日本国内ではあるが、離島というかうちが所有してる島というか。——二年前に親父が急逝《きゅうせい》してね、会社を売却したんだ』

「それは……」

『ああ、悔やみの言葉はいらんぞ。死因は複数の愛人といちゃついてる時の腹上死《ふくじょうし》だ。恥ずかしすぎて、親族の参列を拒否した挙げ句の家族葬だからな』

悔やみの言葉を遮《さえぎ》られたが、確かに二の句が継げない内容だった。

『で、一人息子の俺が相続した有り余る金にモノを言わせて、研究機関を作ったんだ。そこに今、世界中から優秀な医師や医学博士を札束で頬をはたいて引き抜いてる』

「やってることはクズだが、金の使い方としては正しいな」

『篠宮ならわかってくれると思ったよ！』

嬉しそうに声が弾《はず》んだので、こいつの周りには理解者が少ないのかもしれないと思った。今のは嫌味だぞ、沢渡。

「それで、どうして俺なんだ。博士号も取ってないぞ」

『そんなもので人の価値は計れない。単に僕がお前なら信頼できるんだ』

「医者としての経験も浅い」

『新しい知識を吸収できる余地が多いだろ』

「俺は小児科なんだが、何の研究をするんだ？」

『そう。子供は未来の宝だ。今まで貢献してくれた老人も大切にすべきだが、僕としては、これからの世界を支える子供を治療できる医師がもっとほしい。で、小児医療分野の若手として、篠宮に白羽《しらは》の矢《や》を立てた』

つまり、特定の疾患を研究するのではなく、世界中の様々な難病を研究したいらしい。

まさかとは思うが――沢渡は全資産を注《そそ》ぎ込んでいるのではないだろうか。専門的に

「複数を」研究するなら、億ではなく兆単位の金が必要になる。

『だが、その為の金が足りなくてな……母にも出資してもらってるんだがまだ足りない。で、仕方ないから結婚した。義父はアメリカ人の投資家なんだが、ハイリスクではあるが、ハイリターンでもあると融資をしてくれた。ついでに、他の投資家にも紹介してくれてね』

……相変わらず、自分の人生を担保にすることを、まったく躊躇《ためら》わない男だ。

「俺にやらせる研究内容は？」

『そこは本人の希望とこちらの要望を考慮して決める。今のところは、お前がやりたいことを優先してもらっていい』

「急に言われてもな……考える時間が欲しい」

『僕も即答しろとは言わない。だが篠宮は末っ子だから、家を継ぐ必要はないんだろう？』

「家を継ぐことはないが、俺にも患者がいる」

『他の医者に任せられないのか』

任せられないことはない。うちには俺以外にも小児科医はいる。むしろ、俺が一番の新人だ。だが、問題はそこではない。

「患者を途中で放り出すような奴を、お前は信頼できるのか？」

『そりゃそうだ。だが、僕が人間的かつ経済的に信頼できるのは、篠宮だけなんだな、悲しいことに』

「大学には何人もいただろ、友達は」

『友達は友達だ。気が合うことと、人間性を信頼できることは別だ』

……正論だ。

俺も友人はいるが、その全員を無条件に信じられるかと言ったら否《いな》である。特にこの仕事では。

『実家で働き続けることが篠宮の希望なら無理強《じ》いはしない。ただ、僕の希望も覚えておいてくれないか』

今の俺は、篠宮総合病院で働くことに未練はない。

患者を途中で放り出すつもりはないが、相応の準備期間があれば、退職することは可能だ。兄達は反対するだろうが、それに従うほど子供でもない。

けれど――舞桜と離れたくない。

離島というからにはそれなりに不便だろうし、一緒に行ってほしいと言って断られたらと思うだけで、すでに精神的なダメージを受けている。

「……沢渡。繰り返すが、すぐに返事ができる話じゃない」

『それは承知の上だ。だけどさっさと話しておかないと、事が進まない』

「期限は？」

『いつまでも、と言いたいところだが。これは僕にとっても大きな賭けだ。一ヶ月後には、来る気があるかどうかの返事が欲しい』

あとで研究所の概要計画書を送ると言って、沢渡は電話を切った。このあとも、各国の知人や名医を片っ端から誘うんだろう。

と思ったところで、またスマホが鳴った。

『言い忘れた。小児科には、シュルツ博士とグレイン博士を招聘《しょうへい》予定だ』

じゃあ今度こそおやすみという言葉が終わるや否《いな》や、スマホは通話終了画面を表示している。

「シュルツ博士とグレイン博士って……あいつは……」

頭を抱えた。小児心臓外科と小児癌《がん》の世界的権威と言われる医師だ。

高名な賞を取った際「そんなものの為に医学に人生を捧げているわけではない」と、授賞式で言い放った話は有名だ。

同時に「研究に金は必要だから賞金はありがたく受け取る。ついでに、賞のトロフィーなんぞはいらないがスポンサーは欲しい」とスピーチしたのも、医学界では知られている。ややや異端児だが、医療に心血を注《そそ》ぐ姿は本物だと尊崇《そんすう》を集めている人達でもある。沢渡は彼らの希望以上の「スポンサー」として、資金を提供し呼び寄せるのだろう。

そして沢渡の思惑通り、俺は彼らを尊崇《そんすう》する人間の一人だ。できることなら、講義を聴講したいし、その技術を見てみたい。

けれど、とまた思考が戻る。

未だに医師として未熟な俺が、舞桜に新天地へついて来てほしいなどと言えるのか。だが、彼女を理由に断れば、私の為に自分のやりたいことを犠牲にしたんですか、そんな人だったんですかと叱咤《しった》されるのが目に浮かぶ。

この話を受ければ、医師として成長できるのは間違いない。現状の俺は、篠宮で「院長先生の孫先生」と甘やかされている。沢渡は、友人相手だろうと親族相手だろうと、そんな甘さはない。

だが、何年経てば「一人前」なのか。祖父すら未だに新しい治療法を学んでいる。医師というものは、望む限りは成長し続けられる。医学は日進月歩《にっしんげっぽ》だ。つまり、「一人前」かどうかは自分の気持ち次第であるが、俺はそこまで自分に自信が持てない。

そんな先の見えない時間を、彼女に待ってくれと言えるのか。――もし待ってくれるとして、俺は彼女にそんな思いをさせていいのか。

悩んでいたら、沢渡からの概要計画書が届き、読むほどに、気持ちがそちらに傾いていく。同時に、舞桜と離れたくない、離したくないという思いも強くなった。

――どちらも手に入れることは、叶わないのだろうか。

沢渡に提示された期限は一ヶ月。

その間に結論を出すことは、医師国家試験より遥《はる》かに難しい命題に感じた。

＊　＊　＊

話したいことがある、と環先生からメッセージが来てびっくりした。やっと話してくれる気になったんだと思うと同時に、会う理由ができたことに嬉しくなる。

できれば部屋に来てほしいと言われたので、「ならお昼を作りますね」と返事をした。当日のご飯だけじゃなく、作り置きができて、ちゃんと栄養の取れるお惣菜を用意しよう。

何せ、環先生の食生活には、かなり不安がある。いっそ職員食堂を利用してくれればいいのに。

——料理するつもりだから動きやすい服装の方がいいとわかっていても、おうちデートと思えば、可愛くして行きたいと思う。

どちらを優先するか悩んだ結果、白いアンサンブルとブラウン系のロングスカートにした。舞梨に「地味！」と言われたけれど、職場で暗い色は着られないから、プライベートでは好きな色を着たい。

……環先生が好きな色を着たいなと思った時、彼の好みを知らないことに気づいた。

恋人なのに！　付き合ってもう数ヶ月なのに！

といって「好きな色は何ですか」と今更聞くのも不自然だし。

デートを重ねて、反応で感じ取るしかないのかな……あまり顔に出さない人だから、難しいけど。

自分にひとつミッションを課して、私は今日のお昼のメニューと作り置きできるおかずに必要な食材を揃え、環先生の部屋にお邪魔した。

職員寮なので、職場の人に会う覚悟はしてきたけど、幸い誰とも顔を合わせることはなかった。

エントランスでモニターフォンを押して解錠してもらい、エレベーターで最上階に上がって――部屋の呼び出しをする前に、扉が開いた。

「……びっくりしました」

「エレベーターの時間を考えたら、部屋に着くタイミングはだいたいわかる」

甘さの欠片《かけら》もない答えを口にして、環先生はリビングに案内してくれた。さりげなく、私の手からエコバッグを取り、持ってくれる。

来客を想定していない簡素なインテリアは、環先生らしいとしか言えない。

……前にも来たことはあるけど、その……あまり観察している余裕はなかったから。

私はリビングの隅っこにバッグを置かせてもらい、持参したエプロンを着けてキッチンに向かった。

お昼は、海老と野菜と椎茸《しいたけ》のパート・ブリック包みをメインに、サラダとスープ。あとは作り置きできる「おばあちゃんのおばんざい」的なお惣菜を数品作り、保存容器に品名と作った日付を書いたシールを貼っておく。

その間、環先生は使った食器やボウル、鍋を洗って手伝ってくれた。一人暮らししているだけあって、手際がいい。

「三日以内には食べてくださいね。余ったら迷わず捨ててください。もったいないとか考えないでいいです。健康バランスの為に作ったおかずで、体調を崩されたくないので」

「わかった」

出来上がったお惣菜を冷蔵庫に片づけながら注意事項を言えば、素直に頷いてくれる。

昼食を食べ終えて、ソファで環先生が淹れてくれたコーヒーを飲みつつ、このあとはどうするのかなと考えた。

帰った方がいいのかなあ……環先生、どこか上《うわ》の空だし。話したいことがあるとは言われたけど、ゆっくり考えたいなら、邪魔はしたくない。

「あの、考え事がしたいとかそういうのでしたら、私、お邪魔したくないので帰ります」

ほんとは一緒にいたいけど。邪魔をしたくないのも本音だから正直に言うと、環先生は首を横に振った。

「考え事はしてるが、君のことだからいてくれた方がいい。今日、来てもらったのは、別に料理してほしかったからじゃなく、話したいことがあったからで……いや、料理を作ってくれたのは嬉しかったんだが」

「私は、おうちデートのつもりでしたが、浮かれててすみません」

「それは俺もだし、本当は今日も泊まっていってほしいと思ってる。けど、君に話しておかないといけない話があって——まだ、俺の気持ちが追いついてないのがよくないんだが、つい考え込んでしまって」

「……はい」

何だろう。独立したいとかかな？

「自分で決めないと、後悔するのはわかってる。だから一人で決めようと思った。だけど、君にどう言えばいいか悩んで……」

どこか申し訳なさそうな口調に、嫌な感覚がした。その時、環先生のスマホが鳴る。

「……どうぞ」

「すまない。——は？」

スマホを見た環先生が、きょとんとしている。その間も着信音は鳴り続け、私の心をささくれさせた。

「……姿子《しなこ》？」

不思議そうに口にされた名前は、間違いなく女性のもの。

しかも、あのスマホは環先生の私物。病院支給のものじゃない。

「……その話なら、またあとで。どうせそっちに行くから。今は忙しいから切るぞ」

環先生があんなに親しげに名前で呼ぶ女性なんて、私はご家族以外に知らない。

――ああ、過去に付き合っていた女性だとしたら、当然かもしれないけど。

「どこまで話したかな……ああ、その、君に言わないといけないことがある。君の気持ちを優先したいし、俺なりに考えて答えを出したつもりだが、どう言えばいいのか悩んでいて」

私を困らせたくないから、言葉を選んでいるらしい環先生の様子に――さっきの電話の親しげな声音が甦《よみがえ》ってきて。

「他に好きな人ができたから、別れたいってことですか」

咄嗟《とっさ》に零《こぼ》れ出た言葉を、その直後に後悔しながら私は立ち上がった。

「誰が別れたいって言った？」

静かに問いかけてくる環先生は「何を言われたかわからない」みたいな顔をしていて――その、いつもと同じ綺麗な顔に、無性に腹が立った。

さっきの電話が、どれだけ私を揺らがせたか。不安にさせたか。

環先生は、まったくわかってない。

「私のせいで悩んでるんでしょう？　申し訳ありませんが私はまだあなたが好きなので、私のせいで悩まれたくないんです！　振られたからって、付き纏《まと》ったりしませんし、何なら退職しますからお気遣いなく！」

「舞桜！」

溢《あふ》れる感情を抑えられず、私は環先生の声を振り切るように部屋から飛び出した。毛足の長い絨毯《じゅうたん》が敷き詰められた廊下を走り、エレベーターに乗り込む。

——勢いで「別れましょう」なんて言うものじゃない。だってもう、後悔してる。

エレベーターがゆっくり下降する途中、バッグの中のスマホが震えた。見ると環先生からのメッセージだった。

『落ち着いたら、連絡してほしい』

闇雲に追いかけないで、私が落ち着いたら話し合いたいという冷静さが、今はすごく腹が立つ。そして、自分から逃げたくせに、追いかけてくれない環先生に怒る私自身が嫌だった。

泣きたいのを堪《こら》えて何とか家に帰り着き、部屋に引き籠もった私は、存分に泣いた。

泣きながら、初恋は実らないって本当なんだな、とぼんやり思う。

晃先生への気持ちは憧れだったけど、本当の初恋である環先生への想いは、実る前に自分から切り捨ててしまった。この場合、実らないというより、実らせなかったのかもしれないけど。

はっきり「別れたい」と言われる前に逃げた私は、自分勝手で卑怯《ひきょう》でずるい。

――喧嘩別れというか、一方的に私が怒って一週間。

以前と違って、環先生と職場で顔を合わせることがないから、見事に膠着《こうちゃく》状態が続いている。

いつもと同じように過ごしている私だけど、環先生からも特にメッセージや電話は来ていない。

私が落ち着くのを、急《せ》かすことなく待ってくれているんだとわかっていても――それが淋しいと思ってしまうなんて、私はどこまでも我儘《わがまま》だ。

＊　＊　＊

舞桜を怒らせてから一週間。

普段通りに過ごしているつもりだったが、大瀬に「舞桜ちゃんと喧嘩したなら、それ絶対にセンセが悪いので。とっとと謝ってください」と言われた。

「……どうして喧嘩したって決めつけるんだ」

「えー？　喧嘩ですよね？　センセ、情緒不安定だもん。そうなると無駄に色気を駄々漏れさせるから、すっごい困るんですよね」

色気に中《あ》てられて、お母さん方が真っ赤になってますしと言われても、無意識のことなので対処に困る。

「和久井さんが無事なのが、不幸中の幸いですけど」

「人を災厄のように言うな」

「災厄ですよ。あたしは免疫あるからいいですけどね。そんな無駄に色気振りまいて溜息つかれたら、普通の女の子はコロッと――」

そこまで言って、大瀬は首を横に振った。

「……ああ、舞桜ちゃんには通じませんでしたからね……センセ、可哀想。好きな子にだけは通用しないなんて、その色気、本当に心の底から無駄ですねえ」

貶《けな》されているのはわかるが、俺のせいで大瀬に人間関係の苦労をかけたことは多々あるので反論せずにおいた。

「君、御園から何か聞いてたりするか？」

「いいえ。でも、何となくわかります。人妻の勘ってやつです」

「和久井さんは何も言わないが」

「それはセンセに遠慮してるからじゃないですかねえ。あたしは、センセに山ほど貸しがあるから、言いたいこと言ってますけど」

実際、大瀬には借りがある。新人だった頃からフォローしてもらったり、仕事かプライベートか微妙なところまで助けられた。

「あ、土曜日の学会は出席ですよね？　金曜の午後は休診って案内を出してますけど」

「ああ」

「京都かー。いいなー。お土産《みやげ》忘れないでくださいね」

「安産祈願のお守りか？」

「それ、セクハラなんで」

なら、二人目が欲しいから妊活してるって俺に言ったのは、何だったんだ。

「南禅寺のお豆腐でいいですよ」

「崩れないように持ち帰れとか、無茶言うな」

その前に日持ちしないだろと言うと、大瀬は「じゃあ金平糖《こんぺいとう》でいいです」と妥協した。

和久井さんにも同じものでいいか。

――舞桜は……、今の状況で受け取ってもらえるだろうか。大瀬経由で渡すしかないかと思った時、少し胃が痛んだ。

俺の気持ちとは関係なく、学会は無事に終わった。俺は聴講だけだったが、他の医師達の質疑応答を聞くだけで勉強になる。

今日発表した医師の著書は何冊か読んでいたが、今は更に進歩した治療法が研究されているらしく、メモだけでも結構な量になった。

時計を見ると、夜の八時を過ぎたところ。開始時間が遅かったから仕方ない。

ホテルに戻って、食事はルームサービスで済ませるか。

明日の新幹線の時間を確認しようとスマホを手にした時、急な吐き気と同時に胃に激痛が走った。

「——環？」

つい最近、聞いたことのあるアルトの声がして、それが誰のものか思い出せないまま、俺はぶっ倒れた。


ふと目を開けると、慣れ親しんだ匂い——病院特有の匂いがした。しかし、この天井は篠宮総合病院のものではない。病室——個室なのは間違いないが。

病衣ではなくスーツのジャケットを脱いだ状態で寝かされていたから、少し息苦しい。

ネクタイは解かれていたが、シャツのボタンも少し外そうと腕を上げて、点滴の形跡があることに気づいた。

……急性胃炎ってところか。舞桜との喧嘩以来、彼女が作ってくれたものすらまともに食べてなかったから、貧血を起こしたんだろう。

わりと冷静に自分の状態を診断し、体を起こす。胃の痛みはまだあるが、意識はしっかりしている。これならすぐに退院できるだろうと思ってナースコールを押そうとした時、すっと扉が開いた。

「……気づいたの？」

ペットボトルや飲用ゼリーを持って現れたのは、藤色のスーツを一分《いちぶ》の隙もなく着こなしている女性だった。

「……姿子」

羽野《はの》姿子。大学時代に付き合っていた「元恋人」だ。

「声をかけた途端に倒れるんだもの。びっくりしたわ。ここは、私の実家。診断は急性胃炎。——飲める？」

差し出されたペットボトルを受け取り、礼を言うと、彼女は呆れたように言葉を継ぐ。

「少なくとも一週間以上、まともに食事してなかったみたいね。そんなに忙しいのに学会に来たの？　沢渡くんの話を受けて忙しいとか？」

「忙しかったわけじゃない。食欲がなかっただけだ。沢渡は君にも声をかけてたんだな」

「優秀な医師が欲しいそうだから、私に声をかけるのは当然でしょ。それから、医者の不養生《ふようじょう》って、世の中で一番間抜けだと思う」

言い返せないことを容赦なく言うところは、昔と変わらない。

「──君こそ。今日の学会は」

「昨日よ、もう」

「……昨日の学会は、小児科医向けのはずだ。君は婦人科じゃなかったか？」

「そうよ。でも婦人科には小さな子供のいる母親も結構来るの。小児科について、知ってて困ることはないもの」

専門以外お断りの医学会でもなかったし、と言って、姿子は自分用に買ったらしいボトルコーヒーに赤い唇をつけた。

「ご実家には連絡済み。迎えを寄越すそうだから、それまではここで待ってて」

「一人で帰れる。子供扱いするな」

「子供よ。自己管理もできないんだもの」

一つ年上の彼女は、そう言って笑った。学生時代と変わらない、華やかな笑みだ。

「──生真面目で、自己管理は万全だったあなたが倒れるなんて、何があったの」

「君には関係ない」

「関係なくはないでしょ。誰が、倒れたあなたをここまで連れてきたと思ってるの」

「救急隊」

「……可愛げがなくなったわね。昔はあんなに可愛かったのに」

七年も前の話をされても困る。そして当時も可愛かったつもりはない。

「けど、いい男にはなったかしら」

「それはどうも」

「……そこは、君も相変わらず綺麗だって返すとこじゃないかしら？」

「恋人に誤解されたくないからな」

「私はフリーだけど」

「俺はフリーじゃないんだ」

――別れましょうと泣かれたが、同意していないから舞桜は俺の恋人だ。

「じゃあ、その可愛い恋人に、こんなところを見られたら、誤解されるわね？」

「その心配はない」

あれから、一度も話し合えてない。そもそも舞桜は、俺が京都にいることも、倒れて入院してることも知らないのだ。

「どうかしら？」

妖《あや》しく笑って、姿子の指が俺の唇に触れた。

「触るな」

「まだ唇が乾いてる。熱があるのかしら。もう少し水分を取った方がいいんじゃない？」

するりと頬を撫でた手が、額《ひたい》に置かれた。

「姿子。触るなって言ってる」

「熱を測ってるだけよ」

「体温計を使え」

振り払おうとしたタイミングで、扉が軽くノックされた。回診かと思って、纏《まと》わりついてくる姿子を離そうとしていると、扉が遠慮がちに開く。

「……環せんせ……」

ベッドの上で、体を押しつけてじゃれついてくる姿子と、それを押し返そうと肩を掴《つか》んだ俺の姿を見た舞桜が、入り口で硬直した。

――最悪の状態だ。

「お迎えの方？　このあと、一度医師の診察を受けて、それから退院になるから、もう少し待ってくれるかしら」

「……迎え、ではなくて」

「違うの？　お見舞いが必要なほどの病状でもないけど」

「倒れた、としか……聞いてなかったので。すみません」

か細く答えながらも俺と目を合わせない舞桜に、完全に誤解されていると青くなる。

焦って、俺は姿子をやや乱暴に突き離した。

「姿子。離せ」

「……ああ、もしかして環の『可愛い恋人』って、この子？」

嫌味なくらい妖艶《ようえん》に微笑み、姿子は舞桜を室内に招き入れる。

「……ふうん。こういうタイプを選ぶのね、あなたも」

「？」

姿子の低い呟きの意味がわからないのは、俺だけではなかったらしく、舞桜もきょとんとしている。

「素直そうで、世間ズレしてなくて。家事が得意、もしくは料理上手」

否定しない。舞桜は確かにその通りのタイプだ。他と違うのは——少しばかり、男の趣味というか初恋もどきの憧れが変わっているだけで。

「男って、結局そういう子を選ぶのよね。キャリアを追う女じゃなくて、家庭に入って可愛い奥さんをしてくれる若くて無垢《むく》で——無知な女の子を」

その言葉に含まれた棘《とげ》に、俺が反論する前に、舞桜が首を横に振った。

「私は、環先生の『可愛い奥さん』には、なれないと思います」

「どうして。環とお付き合いしてるってことは、結婚前提でしょ。あなた、見るからに普通の可愛い女の子、じゃない」

「姿子。舞桜に絡むな」

「まおちゃんって言うの？　聞いてくれる？　この人ね、学生時代、私と付き合ってたの」

「……」

舞桜がますます表情を強張《こわば》らせた。

当たり前だ、誰だって恋人の過去の相手なんか知りたくないし、舞桜もそう言っていた。そんなこともわからず、馬鹿正直に舞桜に報告した数ヶ月前の俺を殴りたい。

「もちろん、環のご実家には紹介されたし、結婚前提の付き合いだったわ。でも、私が家を継ぐから、婿養子に来てほしいって話したら、環のご家族に大反対されてね」

「捏造《ねつぞう》するな。俺はプロポーズもしていない。このまま交際を続けるなら、今後どうするかって話をしただけだ」

事実だ。姿子に告白されて、特に嫌悪感はなかったから受け入れた。

数ヶ月付き合った頃、姉が嫁いだから病院を継がなくてはいけなくなったと言われた。もし彼女と結婚するなら、俺が婿に入ることになる。それに兄達が大反対して——俺も姿子も、周りを説き伏せてまで結婚したいという熱意がなかった。だから別れた。

「環は黙ってなさいよ。私はこの子と話してるの。——家族に駄目だって言われたら、素直に従っちゃうのよ。そんな男でいいの、あなた」

「……あなたは、抵抗しなかったんですか？　別れたくないって、環先生に言わなかったんですか？」

舞桜が、じっと姿子を見つめた。

「環先生は、ちょっとそういう……女の人の気持ちに疎《うと》いところがあるって、お付き合いしてたなら、わかりますよね？　好きだから別れたくないって、ちゃんと言ったんですか？」

ちらりとこちらを見た舞桜の瞳が「黙っていてくださいね」と言っていたから、俺は黙って口を閉じておく。

が、改めて言葉にされると、俺は女心を理解しない馬鹿だと言われている気がする。

「……言ってどうなるの。環が家を――家族を捨てるわけないじゃない」

「環先生が家族を捨てる必要はないし、そうならないように話し合う努力を、しなかったんですか」

「わかったようなこと言わないで！　言えるわけないでしょ。年下の男に告白するだけでも、死ぬほど恥ずかしかったわ。その上、別れたくない、捨てないでって縋《すが》れって言うの？」

震えながら絞り出すように言葉を口にする姿子に、舞桜が静かに答えた。

「つまり、あなたは環先生より、自分のプライドを取ったんですよね。そのあなたが、『私より家族を選んだ』って、環先生を責めるのはおかしいと思います」

姿子が言い返すより早く、舞桜は言葉を継いだ。

「……まあ、私も……あなたと同じになるかもしれませんけど。喧嘩中ですし。だから

『可愛い奥さん』にはなれないと思う、って言ったんです。喧嘩したあと、一度も話し合ってないし……言葉が足りないのは、環先生だけじゃなくて私もだし」

「……学習しない男なのね」

　脱力したように笑った姿子に、舞桜は真顔で重々しく頷いた。

「ですね。別れましょうって言った私を、追いかけて来てもくれない薄情な人です」

「最低だわ」

「私も勢いで言いましたけど。確かに、ヒステリー起こした女なんて、しばらく放置して落ち着かせるのが最善でしょうけど。でも、追いかけて来てほしいって、普通思うじゃないですか！」

　我が意を得たりと、力説する舞桜に、何故か姿子が深く同意し始める。

「そうよ。こっちだって、追いかけて来てほしいから逃げるんだもの」

「そうなんですよ。落ち着いたら話したいってメッセージくれただけで、そのあとはノーリアクションですよ。こっちから喧嘩売ったのに、『落ち着きました、話し合いましょう』なんて、図々しいこと言えませんよ」

「あなた、いくつ？」

「二十三です」

「そんな年下の恋人に配慮すらできないとか……どっちが子供かわかんないわね」

――何故か、俺への文句で盛り上がっている。

「姿子さんは、『男はこういう子を選ぶんだ』って言いましたけど、私は私で、『あ、やっぱりこういう美女と付き合ってたんだ』と思いました」

「それ！　私みたいなのは、お付き合いはしても、結婚相手にはなれないのよ」

「そうやって、自分の気分で相手を選んできたくせに、私の初恋や憧れは許さないとか、心が超狭いと思うんです」

「え、何それ引くわ。環、あなたね、恋人の初恋くらい許してあげなさいよ。自分の初恋だって別の人でしょ」

違う。舞桜の場合は、初恋だと思っていた憧れの人が、じいさまで――俺の知らない相手じゃないどころか血縁なので割り切れないんだ。

俺と付き合うと決めたのも、元々は「じいさまに会える」という言葉で釣った事実があるから、俺としては気にならざるを得ないというか、不安になるわけで。

それを口にするのはさすがに情けないと自覚しているが、嫉妬が抑えられないくらいに舞桜が好きなだけだ。

「……何か色々と言いたいことありそうだけど、だったら、まず先にちゃんと話し合いなさい」

姉が妹を諭《さと》すように言った姿子に、舞桜はこくりと頷いた。

「――環先生のこと、知らせてくれてありがとうございました」

「……あのね、私、それ、環には黙ってたんだけど」

少しバツが悪そうに言った姿子に、俺は思わず問いかけた。

「実家に連絡済みって言わなかったか？」

「あなたと別れさせた元凶に、自分から接触したいわけないでしょ！　そんなことも気づかないくらいボケてたの？　――あなたのスマホを見せてもらって、電話帳に唯一入ってた女の子に連絡しただけよ」

他の情報は見てないから安心してと言って、姿子は病室の出入り口に足を向けた。

「すぐに医師を来させるから、とっとと退院して、ホテルにでもしけ込んで話し合えば？　私の二の舞にする気なんて、ないんでしょ。それと、私は沢渡くんの話を断ったから、あっちで鉢合わせることもないはずよ」

――プライドが高くて面倒見のよかった彼女は、昔のままだった。

＊　＊　＊

姿子さんの言葉通り、すぐに先生が来て、その場で退院の許可が出た。

環先生が手続きしている間に、篠宮家に急性胃炎だったことと退院した旨を連絡した。

すると、環先生のお母様に、病み上《や》がりなので無理をさせずにもう一泊して休ませてほしいと頼まれた。何となく「看病もお願い」的な雰囲気だったのは気のせいではないと思う。

確かに、退院したばかりの環先生に無理はさせられないし、かといって一人でホテルで養生してくださいとも言いづらい。姿子さんの言葉通り、「ホテルに泊まる」しかない。

そんなわけで、私は今度は梓さんに電話して、明日の出勤時間に遅れると報告した。

私の出勤時間は八時半なので、ここで一泊するなら、どうやっても遅刻だ。

梓さんの許可をもらって通話を終えると、ちょうど環先生も退院手続きが済んだところらしい。病院から出て、タクシーに乗った。

「どちらまで？」

「駅に近くて今日泊まれるホテルがあれば——あ、いや、昨日の荷物を取りに行くのが先か」

「そちらは私が手続きしてきました。環先生の私物は宅配に出してます。忘れ物があれば、ホテルの方が送ってくれるそうです」

慌てて説明すると、環先生がわかったと頷いて、運転手さんにさっきと同じことを依頼する。

「駅近くとなると、結構なお値段になりますが」

日曜日ですしね。京都だし。

「構いません」

環先生は頓着《とんちゃく》せずに頷き、運転手さんは無線で確認しながら――ホテルや旅館と連携したりしてるのかな――五つ星のホテルを押さえてくれた。

「ラグジュアリースイートなら、すぐにお取りできるそうですが」

「お願いします」

金額を聞かないで了解する。私が「先生」と呼んだからか、運転手さんも環先生の支払い能力に心配はないらしく、丁寧な運転でホテルに向かった。


タクシーから降りると、即座にドアマンらしき男性が近づいてきた。

「荷物はないので大丈夫です」

軽く断って、環先生はさっさとチェックインする。時間は午後六時に近い。

ベルボーイに部屋まで案内される間、私達はずっと無言だった。

カードキーを滑らせ、室内に入って気づく。

――ご家族に頼まれて、看病するという名目でついてきてしまった。

姿子さんは、まずは、ちゃんと話し合えと言ったけど、環先生はどう思っているんだろう。

環先生に話し合うつもりがないなら、ここに私がいる必要はない。環先生の様子からして、ゆっくり休めば、看病もいらない……と思う。

「えと……あ、私、明日の着替えを買いに行ってきますね」

くるりと体を反転させ、このまま逃げ帰ろうと決める。そんな私に、環先生が声をかけてきた。

「わかった。悪いけど、俺の着替えも一緒に買ってきてくれるか。適当なスーツでいいから」

「サイズがわかりません」

「君、俺の体は知ってるだろ。大体でいい」

環先生は、平坦な声でとんでもないことを言いながら自分のお財布を私に押しつけてくる。

「それがないと、俺は、明日帰れないどころか無銭宿泊になるから、逃げずに戻ってくるように」

「……はい」

逃亡計画は、初手で挫折した。

自分の着替えを買ったあと、環先生のスーツを買いに行く。

お店の人に相談したところ、身長と大体の体格がわかれば何とでもなるのか、店員さんは慣れた様子で「お仕事用ですか？」と確認しつつ、いくつかのスーツを選んでくれた。

……このスーツ達、環先生が使い続けるのかどうかわからない……っ！

今しか着ないなら高いものは選ばないし、着続けるつもりならあまり安いのはどうかと思う。

男性のスーツの相場なんてわからないので、私は「学会に着て行けるもの」とお願いして選んでもらった。

無難にライトグレーのスーツとレジメンタルのネクタイ。白いシャツと靴下。ネクタイが少し派手かなと思ったけど、合わせてみるとそうでもなかった。

預かったお財布にはカードや一万円札がたくさん入っていたけど、意外に手頃なお値段だったので私が支払った。ホテル代の半額にも足りないだろうけど。

買い物を済ませて、ホテルに戻る。環先生が待っている部屋の前で深呼吸して、ベルを押した。

「はい」

すぐにドアが開けられ、環先生は私の手から紙袋を受け取ろうとする。

「あの、サイズは大丈夫だと思いますけど、一応当ててみてくれますか」

着用前なら交換してくれると、店員さんは言っていたのだ。私の言葉に、環先生はスーツを取り出して軽く体に当てて確かめた。

「――問題ないと思う」

「よかった。それから、これ、お返しします」

使わなかったお財布を返すと、環先生はそのままポケットに突っ込んだ。そして私の腕を取り、広いリビングルームのソファに座らせる。

「それじゃ、話し合おうか。君は落ち着いているようだし。俺はそうでもないから申し訳ないが」

「……はい」

怒ってはいないけど、機嫌がよろしくないことはわかる。

……病院で、姿子さんと言いたい放題言ったしね……

「すみませんでした」

「何が」

「この間、一方的に……」

「あれは俺の言い方が悪かった。ごめん」

「どうして、ヒステリー起こした女にそんなに甘いんですか」

「好きだから嫌われたくないし別れたくない。さっきの会話を聞いて、余計、俺が悪かったんだと思い知った。だから謝るのは当たり前だ」

淡々と事務的に答える環先生に、ますます機嫌の悪さを感じて、体が震えそうになる。

「……嫌いじゃないなら、どうして、晃先生への気持ちは憧れだって信じてくれないんですか。それに、劣等感って何ですか。私のことで悩んでるなら、どうしてちゃんと話してくれないんですか。……私、環先生の恋人じゃないんですか」

楽しいことだけを分け合いたいんじゃない。幸せだけが欲しいわけでもない。苦しんでいるなら寄り添いたいし、悩んでいるなら相談してほしい。

不機嫌な環先生というのは見たことがなくて、少し怖い。だけど、今まで逃げ回っていたのは私だ。環先生は話し合うつもりで待っていてくれたのだから、怖くても何でも、本音で話したいし、話してほしい。

理想論かもしれないけど、私は、環先生に甘やかされるだけの存在になるのは嫌だ。ただ寄りかかって甘えて、支えてもらうのが当たり前になるのは嫌。

世間知らずの社会人一年目が生意気言うなって言われても——私は、環先生の部下じゃなくて恋人だもの。

「……話したら、君の選択肢が狭くなるのが怖くて、言葉を選ぼうとして失敗した。君に、別れ話だと誤解させた」

「……ごめんなさい。誤解して、ひどいこと言いました」

「そうだな。——別れましょうは、結構キた」

無表情に言われると余計に居たたまれない。

……勢いで言いましたすみません、で許してもらえるだろうか。

「俺は君を振ったつもりは、まったくない」

「はい……」

「好きでもない女と同じ部屋に泊まるほど、無節操でもない」

「はい……」

「――君が好きだと、自分なりに、伝えてきたつもりだったが」

足りなかったなと言って、環先生は私をぎゅっと抱き締めた。髪に顔を埋《うず》めながら、困り果てたように呟く。

「どうしたらわかってくれるんだろうな、君は。俺が、どうしようもなく君を好きだと」

吐息のような囁《ささや》きを耳に注《そそ》がれて、ぞくっとする。

「いっそのこと」

するりと私の背中を撫でる手が、すごく蠱惑的《こわくてき》で困る。

「……デキてしまえば、君は俺から離れずにいてくれるだろうかと考えたり、そんなことに子供を利用したら絶対嫌われると思い留まったり――」

「そ、それは、そうですね」

授かりものだからこそ、子供を、相手を繋ぎ止める手段にするのは嫌だ。それを、口にしなくても環先生はわかってくれている。

「舞桜。ちゃんと話すから聞いてほしい。俺はもう、これ以上君と離れていたくない」

「……」

はいと頷いていいのか。

一方的に怒り、連絡もせず、環先生が倒れる原因になった私が、私も離れたくないと、簡単に許されてしまっていいんだろうか。

「……また自分を責めてるのか、君は？」

だけど、と環先生は、私が逆らえないあの声で言った。

「俺の話を聞いてほしいけど――ごめん、先に抱かせてほしい」

限界だ、という微かな声と共に、唇が重ねられた。


フットライトの微かな明かりだけの部屋の、広いベッドの上で。

がっちりと環先生にホールドされ、啄《ついば》むようなキスを繰り返されているという、めちゃくちゃ甘やかされた状態で、私は睡魔と闘いながら、「さっきの話」を再開させるべく話しかけた。

「……話って、何ですか？」

本当はすごく眠い。体力の限界ってくらいに抱き合った私の体は、切実に休息を求めている。だけど、今――本能が剥《む》き出しになっている今だからこそ、素直に話が聞ける気がした。

「……沢渡っていう大学の時の友人に、新しい医療研究所に誘われてる」

ぽつぽつと、環先生は私に話してくれた。

大学時代のお友達が作る研究所に誘われていること。

働きながら博士号を取ることもできるし、世界的な権威である博士達が招聘《しょうへい》される予定であること。

これが新幹線で行き来できる距離なら、環先生は迷わず頷いたんだと思う。私も、遠距離恋愛くらい我慢する。

でも、その研究所の場所が離島だから、即答できずにいるらしい。

「……すっごく思い上がったこと言いますけど」

前置きして、私は環先生の顔を見ないように、彼の胸元に頬をくっつけた。

「私が……いいですよって言ったら、行きますよね？」

「……」

「大丈夫ですよ。待ってます。時々、お金貯めて会いに行きます。環先生が浮気できるほど器用じゃないことは知ってますし」

……行かないでなんて、言えるわけなくて。

できるだけ明るく笑った私に、環先生はうん、と頷いた。

「君はそう言うだろうと思っていたから、言えなかった」

環先生は、私の髪を梳《す》きながら言葉を探している。

「……俺は、じいさまに劣等感があるって君は言ってたけど……まあ、その劣等感には二種類あって、君のことと――医師としてのもの」

「医師として……？」

「そもそも小児科と心臓外科を比較するのもおかしいんだが、じいさまは心臓外科しかやらないわけじゃない。君を治したのもそうだが、小児科医としても今の俺より遥《はる》かに上だ。じいさまの診立《みた》ては、努力や経験もあるけど、元々のセンスとでもいうか……才能ってやつだと思う。俺には、それがない」

だから努力して、少しでも晃先生に近づきたかったと言う。

「けど、努力すればするほど――俺が多少なりと成長すればするだけ、じいさまの凄さがわかるようになって、俺には一生無理だって実感した。努力する天才に、努力する凡人は追いつけない」

「そんなこと」

「ない、って言わなくていい。俺は別に自分を卑下《ひげ》してるわけじゃないから。俺はじいさまにはなれない――だから、俺は俺にできることを全力でしようと思っただけだ」

そんな時に、医療研究所に誘われたという。

――なら、受けてほしいと思う。

「……私に話したくないわけじゃないけど、切っ掛けが掴《つか》めないって言ってたのは？」

「君の人生の妨《さまた》げになりたくない。だけど俺は君を手放したくない。そうなると、結婚してついて来てほしいって話になる」

「結婚……」

「君はまだ二十三だ。その年で結婚を決めさせていいのかとか、そもそも断られたらどうしようとか、色々悩んで――」

「はい。結婚してください」

「ああ、うん。それで、君にどう言えばいいのかわからなくて、それを決めない限りは沢渡に返事もできな――待て、今、何て言った？」

「結婚してくださいって言いました。環先生も『うん』って言ってくれましたし、問題ないですね」

私からプロポーズした場合、指輪は私が用意すべきだろうか。

「……舞桜。ちゃんと考えて発言してるか？」

「冗談にされたら、私泣きますよ？」

「君の泣き顔は好きだと言ったことはなかったかな」

「……性格悪い……っ」

でも好き。

「──プロポーズにしても、俺はそういう面は本当に疎《うと》くて……かといって、相談相手もいないし」

「定番はクルーズディナーや、夜景の見えるホテルでとかですか」

「……ここ、夜景が見えるホテルだな……」

「お手軽に済ませようとしないでください。そもそもここは私がプロポーズに使いました」

だから、と私は環先生にもっとくっついた。

ぷるんと震えた乳房が先生の胸元で潰れたけど──ゴムがもうないって言ってたから、問題ない。

「次は、環先生がプロポーズしてください」

「わかった。──舞桜」

「はい」

「ナカには出さないから」

──蕩《とろ》けるように幸せそうな笑顔と、私を支配する甘い声で言われたら、私は拒否できない。

8　結婚、そして

舞桜との問題が決着したので、そろそろ期限が近かったこともあり、沢渡に「受ける」と連絡した。

『そうか！　ありがとう、篠宮』

「いや。俺こそ……もったいないくらいの話だし」

『契約書や計画書は読んでくれたか？』

「目を通してはある。——ただ、住むのは単身者じゃなくて世帯用がいい」

『ふむ。結婚でも決まったか。なら、奥方にできる仕事も紹介しようか？』

「……そこはまだ話し合ってないが、頼むかもしれない」

結婚すると決めたばかりで、まだお互いの家に挨拶《あいさつ》もしていない。何より、俺からのプロポーズもまだだ。

『わかった。じゃあ、後日正式な契約書を送る』

「ああ」

それから、二、三の質問をやり取りして、俺は電話を切った。

そのあと、プロポーズの方法や、結納、先方への挨拶《あいさつ》その他について調べつつ、退職のタイミングを考える。

――沢渡の研究所に行くのは、この仮契約書で見る限りは来年前半か。

確かうちの規定では、退職届は二ヶ月前までに申請だから、年度末まで勤務するつもりなら、一月には提出しなくてはならない。

が、結婚や渡航の準備を考えたら、一ヶ月は自由な時間が欲しい。そうなると、十一月か十二月中に退職届を出して……

スケジュール表を睨《にら》みながら考えていたら、舞桜からの着信音が鳴った。

「――はい」

『遅くにすみません……』

「別に、遅い時間でもないだろう」

まだ十時だ。俺が笑うと、舞桜がほっとしたように息をつくのがわかった。

『えっと、今後のこと……ですけど』

「俺も考えてた。直接話した方がいいだろうし、週末、時間を取れるか？」

『それは、はい。取ります』

――プロポーズより先に、結婚後についての話し合いというのもどうかと思うが、仕方ない。

「時間がかかりそうだし、喫茶店ってわけにもいかないから、ホテルを取るつもりだが……その、そういうことはしないので」

先に否定しておかないと――俺が自分を制御できない可能性がある。舞桜がおかしそうに笑った。

『はい。わかりました』

「予約したら、また連絡する」

『はい。――それと、あの、ですね』

「ん？」

『家族へのご挨拶《あいさつ》というものなんですが……その』

「君はうちの家族には紹介済みだし、もちろん、俺も挨拶《あいさつ》に伺《うかが》うつもりだが」

『いえ、私の家というか』

舞桜が困ったように続けた。

『両親にはまだ話してないんですけど。妹が結婚は早すぎると……』

――うちはブラコンで、舞桜のところはシスコンらしい。

舞桜は、すっぱり仕事を辞めた。退職届を出し、今月末には退職。普通は二ヶ月かかる受理も、梓さんが手を回したのか、半月で処理された。

舞桜と相談した結果、梓さんには、先に結婚と転職について話した。狂喜していた。

それにしても、退職が早くないかと言った俺に、舞桜は「離島でできるお仕事って、今のところ通訳しかないから外国語の勉強があるんです……」と悲痛に答えた。

大学時代のバイト代や、これまで貯めた給与などを使って英会話とドイツ語の教室に通うらしい。

……迂闊《うかつ》だった。時間があれば俺が教えるのに。

そして大瀬から「舞桜ちゃんに筋違いの叱責《しっせき》かましたナースですが、梓さんが特定してシメたらしいです」と報告された。

まあ、舞桜のことでなくても注意は必要だろう。理不尽な叱責《しっせき》が原因で辞める人間もいる。

これを機に、その看護師も気をつけてくれるといいなと思った。他人事《ひとごと》のように感じるのは、舞桜本人が気にしていないからだろう。

俺の方は、杉山先生に退職の意思を伝え、患者の割り振りなどの相談をしている。まだ正式に退職届を出していないとはいえ、準備は色々あった。

何より、舞桜のご家族への挨拶《あいさつ》を最優先にしたい。

そう思って、舞桜に頼んでまずは妹さんの同意を取りつけに行った日。

妹の舞梨さんを何とか説得した直後、法事で留守だったご両親が帰って来てしまい、そのまま、結婚の挨拶《あいさつ》をすることになって——恐縮されながらも許してもらった。

その翌日には、舞桜と一緒に俺の家族へ結婚の報告をした。

ついでに、年明けに入籍、春には退職して沢渡が所有している島に行くつもりだと伝えたら、祖父母と梓さん以外が倒れた。

祖父と俺が簡易に診察した結果、ただの失神だったので放置することにした。

舞桜は「いいんですか⁉ 六人も倒れてるんですよ！」と焦っていたが、意識を取り戻したあとの騒ぎを考えたら、逃げるに限る。

そのまま俺達は、祖母の指示で、梓さんと一緒に篠宮の別邸に行くことになっている。

——何か異常に慌ただしくないか今日は……

別邸といっても、一軒家ではなくマンションの一室だ。セキュリティが厳しいのは、ここにあるものがそれなりに価値のあるものばかりだから。

「本当は貸金庫がいいんだけど、手続きが面倒だし」

そう言いながら、梓さんがリビングまで運んできてくれたのは、いくつかのパリュールだった。

ダイヤ、ルビー、サファイア、エメラルド、真珠。すべて篠宮本家に伝わるもので、明治時代、ヨーロッパかぶれの当主が妻の為に作らせたものらしい。

これらは代々当主の妻に受け継がれるものだ。なので、本来は母が、祖母からすべて引き継ぐはずなのだが、その時々で、当主夫人から気に入った嫁や娘に譲り渡すこともある。

　つまり今回は、祖母が舞桜への厚意で譲りたいということだ。母も同意している。

「義姉《ねえ》さんが、舞桜ちゃんに一組あげたいんですって。結婚祝いに」

　ネックレスにティアラに櫛《くし》やブローチ、指輪から何から揃っている。

「……ティアラを着ける可能性は皆無だと思いますけど」

「いや……沢渡の義父さんがかなりの著名人だからな。研究所関連のパーティーに呼びつけられる可能性はある」

「パーティー……庶民には縁遠いんですけど」

「しみじみとしみったれてないで、さっさと選びなさい。どれでもいいって義姉《ねえ》さんは言ってたから」

　舞桜に似合いそうなものを選ぶなら――この真珠か。やわらかな艶《つや》を放つ輝きで、角度によっては薄紅にも純白にも見える。

「あ、環もそれがいいと思う？　私も舞桜ちゃんにはこれかなって」

「大きさもいいし、確か真珠なら、ソワレとかにも問題ないって聞いた」

「ふふ、環は物覚えがよくて可愛いわー。格式に合わせて作らせたものばかりだから、どれも大丈夫。真珠はお手入れが大変だから、専門家に任せてね」

「わかった。——舞桜?」

沈黙した舞桜を呼ぶと、パリュールを見比べながら、溜息をついた。

「よく、こんなものを……普段誰もいない部屋に平気で置いてますね……」

「だって滅多に使わないんだもの。ここは義姉《ねえ》さんや私の衣装部屋の為に建てたマンションだから、使わないものを保管するのが正しい使い方じゃない」

あっけらかんと言った梓さんは、俺の脇をつんつんとつついてきた。

「婚約指輪はどうするの? それもここから持って行っていいそうよ」

祖母の厚意はありがたいが、さすがにそこまで世話になりたくない。

「自分で用意するからいい。ばあさまには、あとで礼を言います」

「駄目よ、そんなの。環の今のお給料じゃ、ちっちゃな石になっちゃうじゃない」

どんなに質が良くても、小さな石は屑石《くずいし》なのよと力説する梓さんを無視して、舞桜に聞いてみる。彼女の気持ちが最優先だ。

「俺に甲斐性がなくて申し訳ないんだが。普通に、月収の三倍くらいの価格の指輪でいいか?」

「十分すぎます」

舞桜は、俺に「月収の半額でもいいです」と訴えてきたが、それは却下した。

翌週にでも指輪を選びに行くことを決めると、舞桜が夕食を作ると言ってくれたので、そのまま帰宅した。

「また宅配のお弁当で済ませましたね……と責めたいけど、管理栄養士さんによる完璧なお弁当だから文句が言えない」

キッチンを覗《のぞ》いた舞桜は、少しいじけた口調で言いながら冷蔵庫の中身を確かめる。

「使わない方がいいものはありますか？」

「そうだな……朝食用に、卵は残してほしい」

「八個もあるじゃないですか。そんなに使いませんよ」

先にお風呂をどうぞと言って、舞桜はこの部屋に置いている自分のエプロンを着けて料理を始めた。

疲れているからあっさりしたものにしたと用意してくれたのは、ツナと山芋の和風パスタと野菜サラダ、茄子《なす》の煮浸《にびた》し。

「俺は、サラダに卵が入るだけで豪華に感じるのは何故か、未だにわからない」

「私もです。何故でしょうね……一個二十円なのに……」

とろっとした半熟の卵がのっているサラダは、トマトとレタスとコーンだけのシンプルなものだ。

「やっぱりスープとかいりました？」

「いや、別に。一汁三菜《いちじゅうさんさい》より、俺は味にこだわりたい」

「……お口に合いますか？」

「俺は君が作ってくれたものを、不味《まず》いと言った覚えはないんだが」

「……おいしいと言われた記憶もないもので」

残さず食べていたから、伝わっていると思っていたが違った。やはり、大切なことは言葉にすることが重要なんだな。

「旨《うま》いと思うし、君の味つけは好みだ」

薄めの味つけだからか、食べやすい。それでいて、甘い辛いなどの基本はきちんと味つけされている。

「――今、もしかして、『俺の為に味噌汁を作ってほしい』的にプロポーズするべきだったか？」

「いいえ。そのタイミングではありませんでした。そもそもここにお味噌汁がありません」

タイミングを逸《いっ》したかと思った俺に、舞桜は冷静に否定した。

……プロポーズって、どうすればいいんだ。

彼女からの答えはわかっているのに、問いかける方法がわからない。

＊　＊　＊

「なあ、大瀬」

久しぶりに、大瀬と休憩時間が重なった。今日は回診がないので、カルテのチェックをしながらの雑談になる。

「何ですか」

「――プロポーズって、どんなのがいい？」

「そうですか、ついに舞桜ちゃんに……」

「ああ」

「照れて否定してくれませんかね⁉　堂々と頷かれると、からかった甲斐がないじゃないですか！」

「御園の喜ぶシチュエーションというのがわからなくてな」

「ツッコミすらスルーしやがって……」

そっちこそ、それが上司に対する口調か。今更ではあるが。

それでも、大瀬は一息ついたあと、一緒に考えてくれる。本当に面倒見がいい。

「んー……あくまであたしの場合ですけど。指輪を渡しながら、ずっと一緒にとか、そんなこと言われた記憶がありますねえ」

「お約束だな」

「そうですよ、平凡。でも、それでいいんです。別にロマンチックな夢が見たいわけじゃないですし。結婚なんてのは、恋愛という夢から現実に移動する切っ掛けですからね……」

……その時の大瀬に、いったい何があったんだろう。

「あ、そだ、センセ。あたし、年度末で休みに入りますね」

「辞めるのか？」

「こんな好条件の職場、そう簡単に辞めませんよ。妊娠したので、産休です」

前から欲しがっていた二人目ができたらしい。

「そうか。俺も年度末で辞めるから、生まれたら知らせてくれ。少し日はかかるだろうが、祝いを贈る」

「ありがとうございまーす……ってセンセ、辞めるってマジですか」

「冗談でこんなことが言えるか？」

「舞桜ちゃんを不当処分された腹いせに、それくらい言ってもいいと思いますが」

「俺は公私混同はしたくないし、御園も嫌がる」

「ははっ、思いっきり事務長に抗議しまくってたくせに、何言ってんですかねこの男は」

……つくづく、大瀬とは相性良く仕事ができたなと思う。

辞めたり休んだりするタイミングまで同じとは思わなかったが、舞桜は大瀬の妊娠計画とやらを気にしていたから、安心するかもしれない。

「それで、話は戻りますが。プロポーズ、舞桜ちゃんはセンセにロマンチックな展開なんて期待してないと思うので、誠意を込めればいいんじゃないですか」

適当なようで、俺と舞桜の性格をよく理解している助言だった。

確かに、舞桜は俺に情緒など期待していないだろうし、俺もそれには自信がない。

「……普通で、いいのか」

「いいんじゃないですか。無理して特別なことしてスベったら死ねますよ」

「……そうだな」

「あ、ただし、お好み焼き屋でとかはなしです。さすがにそこは空気読みましょう」

――過去を掘り返して念押しされた。

祖母や梓さんや母の御用達《ごようたし》ジュエリー店だと、後々面倒だ。

舞桜に聞いても、欲しいブランドは特にないと言うから、リサーチしていた小さなジュエリーショップに入った。

店主が目利きして選んだ宝石で、オーダーメイドに近い形で指輪やネックレスとして作ってくれる店らしい。

女性が好みそうな店内は、華やかさと淑《しと》やかさが同居した、上品な雰囲気だった。が、客を萎縮《いしゅく》させないやわらかさもある。

俺と舞桜を見て軽く会釈《えしゃく》した店員は、「自由にご覧ください」という感じだが、プロの助言が欲しいので声をかけた。

「婚約指輪を選びたいんですが」

「はい。既製品とオーダーメイド、どちらをご希望でしょうか？」

「どちらも見せていただければ」

俺の答えに、女性店員はすでに指輪として仕上がったものと、様々なルースの箱を持ってきてくれた。

「舞桜。どれか気に入ったのあるか？」

「……環先生。どれもお値段が見えないのですが」

それは、店の方があえて女性には見せないようにしているからだ。俺には見えている。

「そこは気にしなくていい」

「駄目です気になります。……お伺《うかが》いしても？」

舞桜のような反応には慣れているのか、女性店員は笑顔で頷く。

「こちらのダイヤですと百五十万円前後です。同じサイズ、クオリティのダイヤをルースから選んでのオーダーメイドになりますと、デザイン次第で二百万円以上になりますが」

「既製品でお願いします」

　笑顔で即答した舞桜に、俺はここに来るまでに何度も言ったことを繰り返した。

「一生に一度のものなんだから、妥協するな」

「一生に一度のことだから、自分の価値観に妥協したくないんです」

　……妥協の意味が、俺と舞桜では逆だった。

「あまり小さいのだと、沢渡達に笑われる。つまり俺が馬鹿にされる」

「うっ」

「妻にあんな小さな宝石しか買ってやれないのかと」

　俺の立場、を強調して説得すると、舞桜も反論の言葉がないらしい。このまま押し切りたいところだ。

「だって……あ」

　それでも、俺の言葉にびくつきながら何とか抵抗していた舞桜が、ひとつの指輪に吸い寄せられるように釘付けになった。

「綺麗……」

「コンクパールか。この大きさは珍しいですね」

　濃いピンクの、ほぼ真円《しんえん》に近いコンクパールだ。色も艶《つや》もいいし、大きさは一センチ近くある。脇石は質のいいピンクダイヤだ。

「そちらは、店主の伝手《つて》で入手したのはいいんですが、お値段的になかなか……」

苦笑している店員に、「いくらです？」と声を潜《ひそ》めて聞いた。「四桁でしょうか」との答えに、さっさとカードを渡した。

「舞桜。それ、サイズを合わせてもらうから嵌《は》めてみてくれないか」

「え」

「気に入ったんだろう？」

「気に入りました……けど。高そう……それに、年を取ったらちょっと可愛すぎないですかこれ」

悩んでいるが、指輪から目が離せない様子の舞桜が可愛い。

「俺は舞桜がそれを嵌《は》めたところを見たい」

「そういう言い方はずるいです。……おいくらですか、これ」

値段を確かめるあたり、折れる気になったのかもしれない。が、俺はすでに会計をするつもりというか、カード決済した。

「こちらは真珠でも珍しい品ですし、お勧めですよ。脇石も最高品質のピンクダイヤですから、中央のコンクパールに見劣りしません。火炎模様も綺麗ですから、もしお年を重ねられて……とご心配でしたら、ペンダントに加工してもよろしいかと。長くお使いになれますよ」

値段を答えずに、舞桜の「先々は可愛すぎて使えないかも」という心配を取り除く回答をする女性店員に感謝した。

「婚約指輪をリメイクしてもいいんですか？」

「同じ品質とサイズのルースを買い足して、エタニティリングに加工される方もいらっしゃいます。それに比べれば、こちらは買い足す必要もなくペンダントへの加工が可能です。エタニティリングがよろしければ、脇石のピンクダイヤを揃えられると素敵ですよ」

お得ですよとにこにこ笑う店員に背中を押された舞桜が「……これがいい……です」と、降参した。

「では会計をお願いします」

もう終わっていますとは俺も店員も言わずに、笑顔で「今会計しました」という演技をする。

きちんと客を見て、希望通りの対応をしてくれる店だ。エタニティリングも、ここで買ってもいいと思う。

結婚指輪は、舞桜と相談し、ハイブランドのショップを訪れて選んだ。

どちらも年内には仕上げてくれるそうで、ほっとした。

「……環先生」

「ん？」

車を運転しながら、少し遅いランチを取ろうかと思っていたら、舞桜がじろりと俺を睨《にら》んだ。

「……指輪の値段、誤魔化しましたね？」

「月収の三倍の四倍の倍くらいかな」

もう買ったので、しらを切る意味もないし、正直に答えた。

「それは年収の倍って言うんですよ！　指輪ひとつに、そんなにお金を使ってどうするんですか」

「もちろん、プロポーズに使うんだが」

「……そういうことではなく……！」

「それに、俺は母方の祖父母から結構相続してるから」

高校生の頃、母方の祖父母が事故で亡くなり、遺言書に従って、一人娘だった母だけでなく、俺達きょうだいも一部相続することになった。

「でもそういう不労所得――俺が稼いだわけじゃない金で、君への婚約指輪を買うのは嫌だから、そこからは一切出してない」

今までの給与はほぼ貯金していたから、問題なく払えただけだ。何せ俺の出費は、食費と光熱費と年金や税金くらいのものだ。家賃は格安の上、給与から天引きだし。

「環先生は倹約家なのか、セレブなのかよくわかりません」

「使う時は使うだけだな。――君の言葉だが、婚約指輪なんて一生に一度のものに使わなくて、いつ使うんだ」

結婚指輪もだが。

「俺は、君が欲しいものを全部与えてやれるわけじゃないから」

舞桜が欲しがるもの。

――家族と暮らせる場所。やりたいと思う仕事。

それを全部は叶えてやれないから、彼女が欲しいと思ったもの、俺が何とかできるものは与えたいと思う。

「なら、私は……環先生に何をあげればいいんですか。環先生、欲しいものとか全然言ってくれないですし」

「……全部捨てて、俺についてきてくれる人に、これ以上望むほど図々しくなりたくない」

「おかしなことを気にしてますね。私は別に、全部捨てたりしてません。結婚したら両親や妹とは別の戸籍になりますが、家族であることは変わらないし。仕事だって、私は特に医療系を目指してたわけじゃなく、単に晃先生に会えるかなと――あ」

「……本当に君は、じいさまが好きだな……」

もう、嫉妬する気もなくなるくらい――いや、嘘だ。嫉妬はしても、諦めるしかないかと思うくらい、舞桜はじいさまに憧れている。

「ま、まあ、私は何も捨ててませんので。だから環先生が欲しいものがあるなら」

「君が隣にいてくれること、かな」

「隣……ですか？」

「追いかけてほしいとか追いかけたいとか、そういう時もあったけど。今は、隣で君が笑っていてくれればいいと思う。――俺が笑わせてあげられれば、それが一番嬉しいんだが」

俺は舞桜を笑わせるより、怒らせたり泣かせることの方が多い気がするから難しい。

「……環先生。それ、プロポーズですか」

「え？」

「隣で笑っててほしいって、結構定番のプロポーズの言葉ですけど」

「……定番か。それでいいか？　普通に結婚して、普通に君を幸せにしたいし、一緒に幸せになりたい」

「はい！」

捻《ひね》りも特別感も何もない平々凡々な言葉なのに、舞桜が嬉しそうに頷いてくれたから。

この笑顔を曇らせないようにすることが、その瞬間から、俺にとって「一生を懸けて叶え続ける目標」になった。

＊　＊　＊

――年が明け、雪が舞う頃。環先生と結婚しました。

先生はまだ退職してないし、引っ越しの準備と私の英語・ドイツ語会話の練習もあって、休みの日はほぼ予定が入っている。だから式は挙げず、入籍だけ済ませることにした。

さっき、二人で役所に婚姻届を提出して、受理されて完了。

――うちはいいんだけど、篠宮家はそれでいいのかなと心配していたら、環先生は環先生で、私に「挙式も披露宴《ひろうえん》もなしでいいのか」と申し訳なさそうに聞いてきた。

「いいですよ。私、そういうのに憧れてないし」

「ウェディングドレスとか着たかったのを、我慢してたりは……」

「着たくないわけではないけど、着たいわけでもないし。それにブライダルメイクって、すっごい濃いんですよ、あんな顔、環先生に見せたくない」

「舞桜。結婚したんだから『先生』はやめてくれ」

何だか背徳感がある、と言われた。……何の背徳感だろう。

私達は、環先生が住むホテル――職員寮は年末で出て、三ヶ月の長期契約で借りたらしい――に向かっている。どうせ春には島に行くんだし、何度も引っ越ししたくないという意見が一致したので、しばらくはそこが新居になった。家具や荷物はトランクルームに預けているそうだ。

「厚化粧の舞桜も、見てみたかった」

「嫌ですってば」

雪が降るくらいに冷えた外気の中、繋いだ手は温かい。車に乗り込み、そのままホテルに戻る。

「フォトウェディングくらいは、と梓さんも拗《す》ねてた」

「どうしてそんなにドレスを着せたがるんですか……私は、そんなの環先生にしか見せたくないですよ」

「また『先生』って呼んだな」

「癖《くせ》になっちゃってるので」

これから気をつけますと言おうとしたら、環先生は意地悪な笑みを浮かべた。

「なら、癖《くせ》を矯正するしかないな」

「……え？」

そのあとは、私が「何する気ですか、矯正って何ですか」と尋ねても、環先生——環さんは、楽しげに笑うだけで答えてくれなかった。

ホテルの部屋に着くなり、ぽいっとベッドに投げ出され、私は彼を見上げた。

「出かける前にシャワーは浴びてたから、別にいいか」

「よくないです！　昼間っから何する気ですか！」

「矯正というか躾《しつけ》？　それに今日は初夜だし」

「え、その、私、そういう方面には興味はないので……」

Ｓとかとかそっちは無知だし知りたくない！

「それは俺もだが……考えすぎ」

笑って、環さんはネクタイを取り、シャツのボタンをいくつか外して、私にのしかかってきた。

形のいい唇が、私の唇に重ねられる。時々、濡れた舌が口紅を舐《な》め取るように動くと、背中に快感が走った。

「ん」

角度や深さを変えながら続けられるキスに、頭がぼうっとして、いつの間にか環さんの背に腕を回し、抱き締めていた。

その間に、彼の手が器用に動き、私のワンピースを脱がす。

口づけられながらブラがずらされ、中途半端に乳房が零《こぼ》れる。顎《あご》から首筋、鎖骨、胸をくすぐるように唇で触れながら、指が耳の形を確かめるように撫でた。

「や、ぁ……！」

「ほんとに耳が弱い」

胸元で笑う環さんの吐息が、乳首に触れる。すっと一瞬掠めただけのそれに反応して、きゅっと硬くなったのがわかった。

「触ってほしそうになってる」

「や……！」

ちらりと視界に入ったその光景は、ひどく淫猥《いんわい》だった。ずれたブラから零《こぼ》れた胸、赤く硬くなった乳首と、環さんの舌。薄い唇が乳首を含んだ時、震えるような快感が走り、恥ずかしくて両手で顔を覆《おお》った。

「舞桜」

「やだ……」

「やだ、じゃない。顔、見せて」

もう――直接耳元で囁《ささや》かれなくても、彼が色を含ませた声で紡《つむ》ぐ言葉に逆らえなくなっている。

ゆっくり顔から手を離すと、彼の大きな手に手首を掴《つか》まれた。

「やっぱり躾《しつ》けなきゃ駄目か」

小さく言って、親指の先を軽く噛まれた。

「ん……っ！」

指全体を味わうように舐《な》められていく。一本ずつ、丁寧に愛撫《あいぶ》され、指の間も吸い上げられて、私は身を捻《よじ》って快感に耐えた。

「いい子だから、声、出して」

「や……」

「舞桜」

指で手のひらをなぞりながら、耳元で名前を呼ばれる。それだけで、駄目になる。

「だって、や、気持ち、いい……」

「指も?」

「ん」

頷くと、環さんが笑う。捕食した獲物の味に満足したような笑みは、怖いけれど惹かれる。

「なら、脚は?」

「え」

不意に左脚を高く抱えられた。ガーターベルトで留めていたストッキングを力任せに破かれ、そのまま、太腿から膝、ふくらはぎに口づけて花弁のような桜色の痕《あと》を残される。

「だめ、そこ、見える……っ」

「名前の通りにしてるだけ」

こんな名前をつけた両親を恨《うら》むのは筋違いだ。だって環さんの言い分はめちゃくちゃだもの。

——舞う桜。

「気づいてるか？　君の肌、俺に慣れてきた」

初めての時とは、なめらかさが全然違うと囁《ささや》いて、今度は足首に口づけられる。そのまま、足の甲に唇を這《は》わされていく。

普段愛撫《あいぶ》されたことのない部分を執拗《しつよう》に触れられ、今まで知らなかった官能を引き出された私は、零《こぼ》れる嬌声《きょうせい》を止められない。

「だめ、ん、あ……ぁん……っ！」

「君の『だめ』は、『もっと』だって知ってるって言ったのに」

それも覚えてないのかと窘《たしな》めるような口調で、だけど声はひどく甘い。

「ふぁ、……あ、んっ……！」

両脚を愛撫《あいぶ》され尽くされた頃には、私の意識は完全に彼だけに囚《とら》われていた。羞恥心《しゅうちしん》も何もなく、愛撫《あいぶ》をねだる。

「胸……もっと、さわって……」

「ん」

伸ばした腕で彼の頭を抱き、胸に押しつける。谷間を割り開くようにキスしながら、痛いくらい充血した乳首を舐《な》め、ころころと舌で遊び、もう一方は指で撫でたり押したり、緩急をつけた動きで翻弄《ほんろう》される。

「あ、や、だめ、もっと……ん、あ、っあ……！」

「だめかもっとか、わからなくなってきた」

「や、ちが、だめじゃ、な……ぁん！」

唇で乳首を強く挟み、擦られると、濡れた刺激だけが感じられて、私は達した。

「胸だけでイケるようになった？　そこまでは躾《しつ》けてないのに」

からかうような言葉も、今の私には媚薬《びやく》みたいなものだ。

環さんが何か言う度に、お腹がきゅうっとして、秘部からとろとろと蜜が零《こぼ》れていくのがわかる。

濡れそぼったソコに、彼の指が這《は》う。それだけでまた蜜が溢《あふ》れ、閉じていたはずの蜜壺が開いた気がした。

「もう一回、イッておく？」

「声……だめ……っ」

「ああ。俺の声は『だめ』だったか」

くちゅ、と音がして、環さんの唇がソコに触れた。零《こぼ》れた蜜を舐《な》め取る舌と、ぷくりと膨れている蕾《つぼみ》をくるくる撫でる指に、私は抵抗することもできずに達した。

＊＊＊

――やりすぎた、と思った。

達した直後に体を弄《いじ》ったら、元々感じやすい舞桜は、簡単に二度目の絶頂を迎えて放心した。

全身から力が抜け、あちこちに俺の散らした花みたいな痕《あと》の残る白い肌を、無防備に晒《さら》している。形良く盛り上がった乳房は、誘うようにぷるりと揺れ、投げ出された脚が艶《なま》めかしい。

「舞桜」

「……っ」

意識が戻りきらないまでも、俺の声には素直に反応するあたり、本当に彼女は俺の声が『だめ』らしい。

「脚、開いて」

「……ん……」

ほんのりと赤い頬、同じく赤く染まった目元に快楽の埋《うず》み火《び》を残したまま、舞桜は素直に脚を開いた。

「もっと開いて。俺が挿入《はい》れない」

「……もっと……？」

「そう。ここに」

舞桜の白い腹部を撫でた。

「ここの奥に、俺が挿入《はい》れるように脚を開いて」

「……せんせ、はいりたい、の……？」

「ああ」

——先生と呼ばれたのは窘《たしな》めるべきかもしれないが、あどけなさを感じさせる今の舞桜に呼ばれると、正直、腰に直撃した。

「ん……」

ゆっくりと脚を広げようとする舞桜は、力が入らないらしい。俺が力づくで開くのは簡単だが、何故か今日は、彼女自身で開いて、俺を受け入れてほしかった。

「ゆっくりでいいから」

花のような唇を味わいながら言うと、こくりと頷く。薄く開いた間《あわい》から、舌を入れて絡め合うと、夢中になって俺の口内を舐《な》めてくる。

「もっと脚。開いて」

キスを中断してもう一度言い、なめらかな肌を撫でた。細い腰とまろいヒップラインをなぞると、「ん」と甘い声が漏れる。それをまた口づけで呑み込んで、のぼせそうになるほどキスを重ねた。

俺自身はもう痛いくらい張り詰めていて、舞桜のナカに挿入《はい》りたがっている。

焦《じ》らすようにゆっくりと白い脚が開き、和毛《にこげ》に隠れた花弁が露《あら》わになった。

指を入れると、達した直後だけあってキツく狭い。襞が淫《みだ》らに動きながら「もっと」と言うように締まる。

指を増やし、舞桜の感じる場所を中からトントンと押してやれば、ぎゅっと指を締めつけつつ蜜を零《こぼ》した。舞桜が微かに喘《あえ》ぎ、そのあえかな声が嬌声《きょうせい》よりも俺を煽《あお》った。

花が開ききったところで、花弁を食《は》んでくすぐり真っ赤に熟《う》れた蕾《つぼみ》を指でつつく。触れただけでびくんと舞桜の腰が跳ねた。花弁から蕾《つぼみ》に唇を移して強く吸い上げると、小さな悲鳴と共に、白い脚が俺の体に絡みつく。

「あ、はや、く……っ」

欲しい、と言われれば逆らう気なんてない。

花芯を切っ先で擦りながら、蜜口に宛がい、ゆっくりと開いていく。

「っあ……あ、ん……っ」

焦《じ》らすようなこのやり方が、舞桜が一番乱れる。俺の形を覚えたナカは、早くそれで満たされたいと開いていくのに、俺がゆっくり進むから、催促するみたいにきゅうっと締まる。

ざらついた内壁が絡みつき、襞が誘うように乱れる具合が、今までに感じたことがない快楽を俺に教えた。

舞桜は、俺の「初めて」が自分ではないことを気にしているが。

――俺だって、こんなにも愛しいと思い、深い快感に包まれる相手は、舞桜しか知らない。

熱くて狭い彼女のナカは、俺にぴったりと馴染《なじ》んでいる。けれど隘路《あいろ》は元に戻ろうとするから、動く度、ナカで擦れる。

不規則に蠢《うごめ》いて締めつけられ、その度に襲ってくる射精感をやり過ごしていくうちに、舞桜の声が甘さを増しながら濡れて乱れて、俺の動きが激しくなっていく。

「せん、せ……っ」

細くくびれた腰を掴《つか》んで深いところまで突いたら、舞桜が泣きそうな声で俺を呼んだ。

「もっと……奥、来て……っ！」

白い真珠のようだった肌が、薔薇《ばら》色に上気している。濡れた瞳でそんなことを言われて、我慢できるわけがない。

舞桜の両脚を肩にのせて、より深く繋がった。硬い部分で舞桜のナカを隅々まで刺激するように抽送《ちゅうそう》すると、舞桜は壊れたように「もっと」と繰り返して俺を奥深くに引きずり込む。

「せんせ……せんせ、すき……！」

啼《な》きながら好きと繰り返され、合間にもっとねだられ、こっちがおかしくなりそうだった。

「だめ、あ、ぁあ――！」

舞桜が達した瞬間、俺にも限界がきた。

どくどくと、舞桜の一番深い部分に熱精を注《そそ》ぎ込む。先端は子宮口に触れているのか、舞桜が小さな声で「あつい……」と呟き、腹部に手を置いた。

その白い手の下で、俺が射精したのかと思うと、萎《な》える間もなく、また硬くなるのがわかる。

「え……あ……おっきく、なっ……」

「舞桜が悪い」

――俺はいつも彼女に飢《う》えている。そのことに気づいてない舞桜は、俺が簡単に煽《あお》られてしまうことをわかっていない。

「どうして……？」

叱《しか》られたと思ったのか、不思議そうに首を傾げる彼女に、苦笑した。

「俺が君をどれだけ愛してるか、わかってないから」

「え」
目を瞠《みは》った舞桜が可愛くて――俺は彼女の体を貪《むさぼ》り続けるのだった。

9　ずっと一緒に

四月。島に着いた俺と舞桜は、沢渡の出迎えを受けた。

そのまま、彼に案内される形で、俺達の住居として用意したというマンションに向かう。

離島だと思って覚悟していたら、意外なほど開発が進んでいた。俺達に用意されたのは新築マンションのメゾネットで、かなりの上層階にある。

「基本的に、ここは研究所の医師達に使ってもらう予定だ。一フロアずつ無人の階を作ってるから、そこまで騒音は気にならないはずだ」

「無人？」

「世界的な名医が揃ってるんだ、テロがあってからでは遅いからな。各フロアに入れるのはそこの住人だけになっている。例えば、このフロアに入れるのは篠宮と奥方――舞桜さんだけだな」

それを聞いた舞桜は「お金の無駄じゃなくて必要経費、防犯の為……」と自分に言い聞かせていた。その気持ちはわかる。

「それから、研究所がそろそろ完成するから、披露会《ひろう》をする」

「出ないぞ、俺は」

「残念ながら、職員は全員参加だ。僕の主催だからな！」

契約書にも書いてあると言われたが、どうせ隅っこに目立たないように書いたんだろう。

「正装か？」

「ああ。夜会だからそのつもりで」

「ダンスは断っていいのか」

「それは構わない。ただ、壁の花は駄目だ。舞桜さんは、英語はできる？」

「……少しだけ、です」

舞桜が申し訳なさそうに答えた。数ヶ月の付け焼き刃だから仕方ない。

「簡単な日常会話程度ならできるんだが、どうせ専門用語やドイツ語やフランス語で話しかけてくるんだろう。俺がフォローするから、何とか理由を付けておいてくれ」

「新婚だから、妻にヘンな虫がつかないように離れたくない、という理由でいいか」

「いい」

適当に答えた沢渡に、俺は真面目に頷いた。事実だ。

「この手の冗談を怒らなくなったとは……まあ、確かに新婚の妻は可愛いからな。離れたくないものだ」

「ああ、そういえばお前も結婚したんだったか」

「政略結婚だったけどな、可愛いぞ。まだ二十四なのに、周りに嫁《い》き遅れと言われて気にしていたところが、ものすごく可愛い」

――相変わらず、性格悪いなこいつ。

「ああ、それから篠宮。他人からのダンスは断っていいが、一曲は踊ってくれ。奥方と」

「……夜会はいつだ？」

「半月後だ」

「……舞桜。そういうことだから」

特訓だなと言った俺に、舞桜は「だからセレブって嫌なんですよ！」と嘆いた。

＊　＊　＊

俺はほぼ完成している研究所に出勤して、同僚になる人達とコミュニケーションを取り、互いの専攻について議論したりして一日を過ごす。

夕方には家に帰り、舞桜とヴェニーズワルツの練習をする。

舞桜は音感は悪くないが、体幹があまり安定しない。なので、日常生活から、そこに気をつけるように言っている。体幹次第で姿勢はよくなるし、見栄えも変わる。

「何なら、乗馬かバレエでも通うか？」

海外からも多数招聘《しょうへい》しているからか、恐ろしいことに、ここにはダンスクラブや乗馬クラブまである。沢渡はこういうところに手を抜かない。

「長期計画……でもバレエよりは向いてそうだから頑張る」

練習後は一緒に夕食を取り、そのあとは勉強したり、舞桜の英会話その他の相手をしている。

――ここで俺が気になっているのは、舞桜が仕事をしたいのかどうかだ。

平日の昼間は主婦業をして過ごしているようだが、それで満足なのか。

結婚時に、専業主婦希望とも言っていなかったし、やりたいことを我慢しているのではないかと気になっている。

だから、思い切って聞いてみた。

「舞桜」

「はい。ご飯、おいしくなかった？」

「料理に関しては問題ない。――君はこのままの生活でいいのかと思って」

「このまま……うん、英語とドイツ語とワルツで頭も体も混乱してるかな」

島に来てから、舞桜は俺に対して敬語をやめた。だが、未だに「環先生」と呼ぶ癖《くせ》は抜けきっていない。

「そうじゃなくて。仕事をしたいとか」

「今は、ここでの生活に慣れることが最優先。まだ、仕事ができるようなレベルじゃないもの」

「いつかは、したい？」

「うん。働きたい。でも、まずは、環さんが仕事に全力投球できるように支えること。それが第一目標」

「次は？」

「ほんとは、したいことはある」

舞桜は、俺を見つめながら言った。

「また、『環先生』のクラークになりたい」

「……なら、俺は早く『環先生』になれるよう、頑張るか」

「いいの？」

「いい。けど、舞桜。ここは研究所だから、島にいる限りは無理だと思う。なれるとしたら、俺が『篠宮総合病院』に戻った時か」

……戻るつもりはないが。未だに兄姉の「戻って来なさい」という連絡が鬱陶《うっとう》しいし。

「いつか俺も独立して開業するかもしれない。その時は、仕事も君に支えてもらいたい」

「支えます！　絶対他の人には譲らない！　環先生と働けるように頑張る！」

ぱたんと椅子から立ち上がって、俺の首に抱きついてくる。こちらは座ったままなのでバランスを崩しかけたが、何とか支えた。

「……君、本当に『環先生』が好きだな……」

俺の半ば呆れた言葉に、舞桜はうんと頷いた。

「だって環先生は晃先生に似てて、毎日ドキドキして……あ」

「そうか。環先生にはドキドキするが、環さんにはドキドキしないんだな。わかった」

食事の途中だが、ほぼ食べ終わったし、片づけは明日俺がやっておこう。

「じゃあ、環さんにドキドキしてもらえるよう、俺も頑張ろうか」

「いい、頑張らなくていい、すごくドキドキしてる、今！」

「それは恐怖心からくる興奮であって、恋愛的なものじゃないな」

「恐怖心だってわかってるなら、やめてくれてもいいかと！」

「新婚半年未満で、妻が夫にときめかないなんて、夫婦の危機だろう。回避すべく努力しないとな」

こういう屁理屈なら、舞桜に言い負かされる気がまったくしない。

「や……」

「やだ、は聞かない」

「……そういう意地悪なとこには、すごくドキドキする！」

「……君、悪趣味だな」

被虐《ひぎゃく》趣味があったのかと零《こぼ》した俺に、「誰がそうしたと思ってるの！」と言われる。

それなら、と朝まで時間をかけて、責任を取らせてもらった。


夜会の前日、フランスから舞桜のドレスが届けられた。

身につける宝飾品は真珠だとあらかじめ打ち合わせしていたので、ドレスはそれが映えるよう黒いシルクのイブニングドレスにした。

銀色に輝くハイヒールや黒のサテンのオペラグローブ、バッグ類も合わせて揃えられている。

試着した舞桜に確かめると、サイズはまったく問題ないらしい。

――夫としては、少々、胸元とデコルテが出すぎではないかと思わなくもないが。

祖母から譲られたパリュールは、念の為に先に専門家に手入れしてもらい、その質と大きさを絶賛されたが、俺はあまり興味がなかった。舞桜に似合うならそれでいいと思っている。

ティアラは必要ないので、パリュールからネックレスとイヤリングを使うことにした。

少し古風なデザインが、ドレスと合わせることでアンティークのように美しく際立った。ここまで計算してドレスを選んだプロは、やはり違うと感心する。

「……これ……私でも知ってるブランド……」

送り主の名前を見て、舞桜が泣きそうになっている。

「フランス語、読めるようになったのか。すごいな」

「誤魔化されないから！」

「それはオートクチュールじゃないから、そんなに高くない」

沢渡と出資者であるその義父が主催とはいえ、王侯貴族を招待したものではないし、ドレスは格式さえ合っていれば、オートクチュールでなくても問題ない。

「じゃあ、靴を履いて」

ほっそりした銀の靴を渡すと、舞桜はおそるおそる足を差し入れる。ぴたりと収まった靴に痛みはないか聞くと、数歩歩いて大丈夫だと答えた。

「次は、それを着たまま最後の練習」

「……はい」

「俺の足を踏んでも気にしなくていい。できれば、ヒールで踏むのは勘弁してほしいけど」

一度だけ見たことがある。祖父に連れられて出席したパーティーで、微笑み合いながら互いの足を踏みつけて踊っている男女を。

「それはかなり器用な踏み方というか、意図的に踏んでない……？」

「そう思う。――ほら、始めるぞ」

　ワルツの曲が始まる。基本を押さえていれば問題ないが、舞桜は踊り始めて半月の初心者だ。そのわりに筋がいい気がする。たぶん俺がいない時にも練習していたんだろう。

　初日とは別人のように優雅に踊っている。

　一通り確認して、これなら本番でも大丈夫だろうと言うと、嬉しそうに笑う。その顔が可愛い。

　知人もいない場所に来て、慣れない環境で家事をしながら、英会話にドイツ語だけでなくダンスも練習して。

　俺はあまり傍にいてやれないのに、舞桜はこうやって笑ってくれる。

　まだ半月だからかもしれない。これから、淋しいと泣くかもしれない。

　――その時ですら、俺は傍にいてやれるとは限らない。

「舞桜」

「はい？」

　ドレスを脱ぎに部屋に向かっていた舞桜の白い背中――あれもちょっと開きすぎじゃないだろうか――に呼びかけると、くるりと綺麗にターンして振り向き、悪戯《いたずら》っぽく笑う。

「なあに、環さん」

「努力するから」

「……何を？　環さんは、いっぱい努力してるじゃない」

「君が笑っていられるように、っていう約束。ちゃんと幸せだと思ってもらえるよう、もっと努力する」

「いらない」

とととっと駆け寄ってきた舞桜は、桜色の唇で俺にキスをした。

「努力なんてしなくても、環さんがいてくれれば私は幸せなので。そのままでいいの」

「……と言われても」

「環さんは、私が努力しないと幸せじゃない？」

「君が傍にいればいい」

「なら、私もそうだってこと、いい加減気づいて」

もう一度、今度はさっきより強く唇を押しつけてきた。

「自信持ってくださいね、『環先生』」

そうからかって、体を離そうとした舞桜を逆に抱き寄せ、キスをしたら……

「ドレスに皺《しわ》がつくと困るから、これ以上は駄目」

明日の夜ね、と囁《ささや》いて離れていった。

——項《うなじ》まで真っ赤にしているのが可愛いので、許す。

エピローグ

大広間を照らすシャンデリアの輝きを受け、舞桜のイヤリングがきらきら揺れる。

オーケストラの演奏に合わせて踊る、その動きに合わせて、彼女が身につけた真珠が光を弾《はじ》く。剥《む》き出しの肩やデコルテも輝くように艶《つや》やかだった。

吸い寄せられるように舞桜を見つめると、図らずもマナーに適した踊り方になる。舞桜の方は、基本を守ろうと必死なのか、俺を見つめて微笑んでいる。小さな唇はコンクパールと同じ色に染められて、無垢《むく》で清楚な中に、色香を潜《ひそ》ませている。

「――終わったら」

「はい？」

「これが終わったら、沢渡が挨拶《あいさつ》する。その隙に部屋に帰ろう」

「え」

「駄目だ、もう――ダンスの間は我慢する。だから帰ろう、舞桜」

「どうして」

「君の胸も肩も背中も、他の男が見てることに耐えられない」

やはり昨日の時点で止めるべきだった。

日本人だし着物にすればよかった。それならダンスの必要もない。

イブニングドレスやローブデコルテなんて、見慣れてはいたが、その露出度まで気にしたことはなかった。

舞桜の肌をここまで露出させる服なんて、絶対に着せなかったのに。

昨日試着した時より周囲が明るいせいか、彼女の白い肌が誘うように艶《つや》めいて見える。

現に、数人の男達が、パートナーそっちのけで舞桜をちらちら見ているくらいだ。

「香水選びからメイクや着替えまで、すごく時間かけたのに……」

「わかった、その分時間をかけて俺が脱がせるし、香水も堪能するから」

「何の解決にもなってない……！」

膨れる舞桜に、懇願したい気持ちになる。

「……けど」

舞桜が拗《す》ねたような怒ったような――要するに恥ずかしそうな可愛い表情で言った。

「昨日、約束したから……わかった」

――さっさと終われ、このワルツ。

でないと、適当な部屋に連れ込んで押し倒したくなるくらい、俺の妻は可愛い。

曲が終わり、沢渡の挨拶《あいさつ》が始まったところで、俺と舞桜はこっそり大広間を脱け出した。

警備員には、「少し人に酔ったので。沢渡さんには後日謝罪します」と言ったら、俺と沢渡が親しいことを知っていたらしく、あっさり通してくれた。

「ご馳走食べ損ねた……」

「俺はこれからご馳走を食べるから問題ない」

「いつからそんな即物的な人になったの……」

送迎の車が回ってくるまで、エントランスに出て少し待つ。コートを羽織った舞桜は、空を見上げて「意外に星が見えない」と零《こぼ》した。

会場に着いた時は薄暮《はくぼ》だった空は、今は漆黒に近い。月は美しいが、雲が多いのか、星はそれほど綺麗に見えなかった。

「落ち着いたら、星が綺麗なところにでも旅行するか？」

新婚旅行も行ってないしな、と言ったら、舞桜は少し考え込む。

「ううん、いい」

「行きたくない？」

「行きたくなくはないけど」

でも、と言葉を続ける。

「私が一番好きな『環先生』に早く会いたいから、旅行するより頑張りたい」

「……」

「本当だから。白衣着て診察してる時の環先生の格好よさは、晃先生に匹敵するんだから！」

「……そうか。今日は『お医者さんごっこ』がしたいんだな、よくわかった」

にっこり笑って、俺は舞桜の耳元に囁《ささや》いた。

「何度言えばわかる。――君の口から、じいさまの名前は聞きたくない。躾《しつけ》が足りなかったか？」

「……っ」

かあっと頬を染めた舞桜の震えは、恐怖ではなく。

俺に責められたいという期待からだということはもう知っているけれど、俺は気づいてないふりをした。

「心配しなくても、舞桜が『だめ』なことしかしないから」

とどめを刺された可愛い獲物は、くたりと俺に凭《もた》れかかって。

「……はい」

もう快感に蕩《とろ》けた声で、素直に頷いた。

――いつから新しい性癖に目覚めたんだ、俺達は。

だけどそんなことはどうでもいいと思うくらい、舞桜が可愛い。

どう彼女の期待に応《こた》えるか考えながら、迎えの車に乗った。

「お連れ様のお加減が悪いのでしたら、近くのホテルにいたしましょうか」

運転手が気を利かせてくれたが、俺は「慣れた家の方がよく休めるだろうから」と断った。

――慣れた家の方が、「いつもの場所でいつもと違う『躾《しつけ》』をされる」方が、舞桜の反応がよくなるからだとは、誰にも教えない。

俺も舞桜も、そういう意味ではずいぶん変わったなと思うが……その変化すらも愛しいと思う。

絶対に変わらない部分も、一緒にいて変わっていく部分も、何もかも。彼女なら、ただ愛おしい。

――昨日よりも今日、さっきよりも今。どんどん舞桜を好きになって、深みにハマるみたいに彼女に惹かれていく。

愛しているということは変わらなくても、その想いの重みと深さは日に日に増していく。

これればかりは、いくら俺が医師でも――じいさまでも治せない「恋の病」だ。治す気もない。

同時に、一日も早く、舞桜が「一番好き」と言ってくれた「環先生」になる為の努力も欠かせない。俺の目標達成までまだまだ遠い。

それでも。どんなに遠い目標でも、俺は一人じゃない。

俺の隣には、舞桜がいる。俺を支え、時に甘えて癒《いや》してくれる彼女がいる。

「舞桜」

運転手には聞こえないよう、できるだけ声を低めて耳元で囁《ささや》くと、「煽《あお》らないで」と泣きそうな声で懇願された。舞桜はどこまで俺の声に弱いのか、一度試してみたいくらい可愛い。

「愛してる。永遠に」

——永遠の愛というのは、ずっと変わらない愛というだけでなく、永遠に愛し続けるということだと俺に教えてくれた彼女に、誓うようにキスをした。

書き下ろし番外編

幸せのかたち

「どこか旅行に行く？」

帰宅した環先生――もとい、環さんが突然そんなことを言い出した。私は怪訝《けげん》な顔になったのだと思う。環さんは、スーツのジャケットを脱ぎながら言葉を足す。

「新婚旅行も行けてないし。シュルツ博士が帰国する関係で、その辺りにまとまった休みが取れそうだから」

そう言われて、私は目を瞬《またた》かせた。新婚旅行に行っていないのは、結婚自体がバタバタしていたこともあるけど、私達はあまり旅行に興味がなかったからだ。環さんは学会なんかで一泊二日の外泊はよくあるし、私は私で仕事が忙しい。

「ううん、いらない」

そんなわけで首を横に振り、私は環さんにハンガーを手渡した。それにジャケットを掛け、玄関のコート用のクローゼットに吊るした環さんは溜息を漏らす。

「そう言うと思った」

私が前に立ってリビングに向かうと、環さんは途中のパウダールームで手を洗っている。環さんの職業柄、清潔維持、衛生管理は大切である。

リビングを抜けてダイニングスペースに入り、夕飯の支度を仕上げる。温めたスープと炊きたてのご飯をよそえばほぼ完成だ。

「舞桜」

ハンバーグに煮詰めたソースをかけていたら、環さんに呼ばれた。振り返った私に、彼は真面目な視線を向けてくる。

「話ならあとにしてください。先にご飯」

「わかった。冷めないうちにいただくか」

四人掛けのダイニングテーブルに向かい合って座り、私達はいただきますと手を合わせた。王道のハンバーグに人参《にんじん》のグラッセ、それに玉葱《たまねぎ》スープ。ポテトサラダは作り置きだ。私も働いているので、手の込んだ料理は休みの日くらいになる。

「ん、美味《うま》い」

「よかった。和風ハンバーグと違って誤魔化しがきかない気がするから」

一口食べて満足そうに頷いた環さんに、私もほっとする。好き嫌いのない人だけど、だからおいしいと言ってもらえると嬉しい。私が笑うと、環さんは少し思案するように首を傾げた。

「さっきの話だけど」

「だから。食事中」

「会話もないのは味気ない」

「……他に会話の糸口はないの……?」

「今日のところは」

ない、と断言された。まあ、ひとつのことを突き詰めたいタイプの環さんは、気になることがあるとそれを解決したがる癖がある。仕事ではそういうわけにはいかないから、プライベートだとその傾向は強くなる。

――そういえば、付き合い始めたのも「恋愛感情かどうかわからないから知りたい」だったもんね……研究熱心というか。

半ば呆れながらも、私は彼のそういうところは嫌いではないので、話を続けることにした。大瀬さんがいたら「甘やかしすぎ」と突っ込まれるのはわかっている。

「じゃあ聞きます。……何?」

「一ヶ月くらい休みになると思うから、その間は俺が主夫をする」

「はい?」

「君にばかり負担をかけてるし。たまには俺も家のことをやりたい」

「普段から結構手伝ってもらってるけど……」

例えば朝食は環さんが作ってくれるし、水回りや、私が背の届かないところの掃除も率先《そっせん》してやってくれる。夕飯と洗濯は私の担当だけど、研究職の夫を持つ妻としては、わりと楽をさせてもらっていると思う。

「旅行で労《ねぎら》おうと思ったけど、舞桜は旅行に興味ないしな」

「それは、まあ……はい」

責められているわけではないのに、劣勢になった気がするのは何故だろう。

「だからその間は俺が家のことをやる。料理も掃除も洗濯も全部」

「待って。下着はそれぞれ洗濯ってことで同意したよね？」

そこは譲れない。夫婦とはいえ、立ち入られたくないのだ。サニタリーショーツの洗濯なんて委《ゆだ》ねる気になれない。

「なら、そこだけは君に譲ってもいい。だから他は俺に譲ってもらう」

「譲歩の量が等しくない！」

「君がどうしても嫌な一点を譲ったんだ。少しは我慢も大事だと思う」

「環さん、普段あまり我慢しないよね⁉」

特に夜のそーいうこととか！　私の意見を聞き入れてくれることはほとんどない。……ないと思う。

私の抗議に、環さんはきょとんとした表情になった。歳より幼く無邪気に見えるこの顔がくせ者だと、私は知っている。

「セックスのことなら、最近は控えてる」

「……そうはっきり言われると！」

先日、私はインフルエンザにかかった為、環さんにうつしてはいけないので、半月ほど別居生活になった。今は全快しているけど、それ以来、彼は私に触れていない。

「何なら、爛《ただ》れた生活を一ヶ月続けるという方法もある」

「主夫でお願いします」

――一ヶ月もセックス三昧《ざんまい》というのは無理だ。体力勝負な医師である環さんに合わせるのは、不可能に近い。

私の全面降伏を受け、環さんは満足そうに頷いた。

……なのに、何故、私は今彼に抱かれているのだろうか。

「舞桜？」

すでに達した体に触れられ、はっと意識を取り戻す。目の前に、環さんの綺麗な顔があった。

「何を考えてた？」

「え、と……」

「何？」

言って、と——彼は、私のナカにいる自身を突き上げた。まだ敏感な体が、すぐに反応してしまう。

「あ、や……！」

大きな手が乳房を掴み、ゆっくりと揉む。大きさを確かめるような動きに、やんわりとした快感が背中を走った。

「ナカ、どろどろ。やわらかくて、うねってる」

ほら、と吐息だけで囁《ささや》くように告げて軽く腰を揺すられると、もう駄目だった。隘路《あいろ》が収縮して、きゅうっと彼に絡みつくのがわかる。

「何を考えてた？　舞桜」

「あ、っあ……っ」

「舞桜」

ああ、駄目。この声で名前を呼ばれると、私の思考は蕩《とろ》けてしまう。

「せんせ、の……こと……！」

「誰のこと」

「環、せんせ、……っ」

抱かれている時、私はどうしても「環先生」と言ってしまう。癖みたいなもので、自分でも気をつけてはいるのだけど、慣れた呼び方が口をつく。その度、環さんに甘く責められるのに。

「先生は駄目って、何度言ったら覚える？」

ズン、と腰で突かれ、硬い先端が奥深いところを抉《えぐ》る。弱くて好《い》い部分を強く擦り上げられて、私は悲鳴を上げた。

「や、だめ、そこ……っ、あ、んぁ……っ」

ぐりぐりと擦りながら抽送《ちゅうそう》されれば、強すぎる快感に涙が溢《あふ》れてくる。気持ちよすぎて、声が抑えられない。

「んっ、あ……ぁん、ん……！」

じゅぷじゅぷといやらしい音を立てて抜き差しされる度、お腹の奥が疼《うず》く。もっと乱暴なくらい激しくしてほしくて、私は環さんの首に縋《すが》りついた。

「せん、せい……もっと……っ」

「駄目だって言ったのに——ああ、叱《しか》られたいのか」

くすっと意地悪く笑って、環さんは私の希望を無視するようにゆるゆると腰を動かした。もどかしいその動きは、柔襞を優しく刺激する。気持ちいいのに、足りない。もっと強くて激しいものが欲しい。

「そんな我儘《わがまま》な妻にしたつもりはないんだがな」

「ん、だめ、声、だめ……！」

耳を嬲《なぶ》るように食《は》まれると、直接甘い声が聴覚に届く。私の思考だけでなく羞恥心《しゅうちしん》をも溶かすその声に、私は堕ちるように懇願した。

「もっと、つよく、して……！」

お腹に力が入り、ナカの彼をきゅっと締めつける。一瞬息を止めた環さんが、耳元で息を呑んだ。

「……そういうことを、どこで覚えるんだ」

「っ、せんせ……して……？」

見上げると、環さんは私の唇を塞《ふさ》いだ。食べるようなキスに応えたくて、舌を差し出したらきつく吸われた。

片手で私の胸を強く揉み、尖《とが》った先端を捏《こ》ねながらキスを繰り返す。同時に、繋がった部分の浅いところを擦られた。気持ちよくて、でも物足りない。なのに、それが終わるのは嫌だった。

「ん……っ、ん……」

夢中でキスに応え、私の両脚は彼の腰に絡みついていた。もっと深く、一番奥までできてほしい。同時に、私が何も考えられないくらい、好きにしてほしい。

――いつから、こんなにいやらしくなったんだろう。セックスが終わったら恥ずかしくて泣きたくなるのに、してる時は環さんのことしか——彼に気持ちよくなってほしいとしか考えられない。

「……舞桜、力、抜いて」

キスをやめた彼が少し離れ、両手で私の腰を抱える。この後にくる快感に思い至り、知らず体が震えた。

「……はい」

力を抜けと言われて、そうできたことはあまりない。それをわかっているからか、環さんはそのまま腰を進めた。私のナカは歓喜して彼を受け入れるくせに、時折、押し戻そうと蠢《うごめ》く。

「イッたばかりだからやわらかいのに、君のナカはキツいな。挿入《はい》ろうとすると嫌がるし」

「……、っ……、や、なんじゃ……なくて」

「わかってる」

私の頬に口づけて、環さんはゆっくりと私の蜜壺を拓《ひら》いていく。

「その顔を見て、本気で嫌がってると思うほど朴念仁《ぼくねんじん》じゃない」

「あ、や……っあ……！」

ぐいっと一気に奥まで突かれ、私の体が逃げを打つ。それを抑え込み、環さんが最奥《さいおう》に挿入《はい》ってくる。

「……本当に可愛いな君は」

「ん……！」

私のナカの彼がより大きく硬くなる。わけがわからなくて見つめると、環さんは愛しそうに私の眦《まなじり》にキスをした。

「俺が奥まで挿入《はい》ると、嬉しそうに笑う」

「え……」

笑った？　自覚はない。ただ、幸せで、気持ちよくて、環さんもそうだったらいいなと思うけれど。

「ごめん。保《も》ちそうにない」

律動の開始を宣告して、彼は私のナカを蹂躙《じゅうりん》した。肌がぶつかる音がするほど強く突き上げられ、引き抜かれる。リズムを変えながら繰り返される律動に、私はただ喘《あえ》いでいた。

「ん、あ……っぁん、ん……っ」

子宮ごと貫かれそうな動きは激しく、私は思考を奪う快感に溺れた。広い背中に縋《すが》りついて、乱れた声を上げ続ける。

濡れた音と打擲音《ちょうちゃくおん》が響く中、環さんの荒い息遣いが耳を打ち、ぞくぞくする。声だけでなく吐息すら気持ちいいなんて、私はどれだけこの人の声に弱いのか。

「ぁん、ん……！」

好《い》い部分を掠めながら刺激され、亀頭で削るように嬲《なぶ》られる。硬い熱棒で媚肉を拓《ひら》きながら抉《えぐ》られ、淫芽を擦られる。合間に乳房を吸われ、複数箇所を一度に責められて私は全身で嬌態《きょうたい》を見せた。

「あ、だめ……イク、もう、だめ……っ」

目の前が真っ赤になり、体中が快感で震えた瞬間。一番弱いところを穿《うが》たれ、淫芽をつぷりと押し潰され——私の思考は閃光《せんこう》に包まれた。

「……く……っ」

直後、環さんが呻《うめ》き、私の胎内に熱い精が注がれる。私のナカでどくどくと脈打つソレは、溢《あふ》れるほどの精を吐き出していった。

「ん……っ」

ずるりと抜かれた時、その刺激に体が反応した。それを見て、環さんが苦笑する。

「……俺は、もう一度でもいいけど」

「……む、り……」

そう答えるのがやっとなくらい、私は疲労困憊《ひろうこんぱい》していた。そんな私に、環さんは優しいキスをしてくれた。

それを合図に、私は眠りに落ちたのだった。

――そして。今日。

「おめでとうございます」

「はい」

島にある病院の産婦人科で、妊娠十週目を告げられた。もうすぐ三ヶ月になるのだろうか。

実感の薄いままお腹に手を当て、私は環さんの言葉を思い出していた。

『一ヶ月くらい俺が主夫をする』

――もしかしなくても、あの人、これを計算してた？

私のその疑問は、夜になって環さんに妊娠報告をした時、答えが出た。

妊娠を喜んだ環さんは、嬉しそうに、私のお腹に耳を当てている。当然、胎動がまだなのはわかっている。医師でも、わかっていても、そうしたくなる何かが赤ちゃんにはあるらしい。

「……環さん」

「ん？」

「……もしかして、主夫になるって言ってたのは」

「悪阻《つわり》があったら家事はつらいだろうな」

悪阻《つわり》はないかもしれないけど、あった場合、家事が大変になるのは想像に難《かた》くない。

「それに、いい機会だから家事の分担を見直したい」

「具体的には？」

「掃除は俺。料理は、基本的には舞桜の料理が食べたいけど、たまには俺を頼ってほしい。それから、洗濯も干すのは俺がやる」

確かに、朝起きてすぐに洗濯機を回せば、環さんの出勤時間には間に合うけど。

「でも、それじゃ……私、主婦なのにあまりにも手抜きっていうか」

「俺は主婦が欲しいんじゃなくて、舞桜が欲しかったんだ。だから問題ない」

顔を上げた環さんは、私の額《ひたい》に自分の額《ひたい》を合わせてきた。至近距離で、綺麗な目が私を覗《のぞ》き込む。

「舞桜が俺を支えたいと思ってくれるように、俺も舞桜を支えたい」

環さんは優しい。そして私は、そんな彼に弱い。

「主婦も主夫も必要ない。家のことは、できる方がやればいい。必要なのは、この子には両親」

額《ひたい》をくっつけたまま、環さんは私のお腹を撫でた。大きな、温かい手。

「俺には君。君には俺。――それだけだから」

「……はい」

法律上は扶養家族とかあるけど、私達は対等。そう微笑んだ環さんに、私は抱きついた。

——男の子の名付けに悩むのと、両家の家族が大騒ぎするのは、半年ほど先になる。

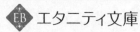

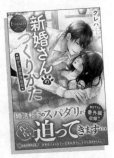

本書は、2020年7月当社より単行本として刊行されたものに、書き下ろしを加えて文庫化したものです。


この作品に対する皆様のご意見・ご感想をお待ちしております。

おハガキ・お手紙は以下の宛先にお送りください。

【宛先】

〒150-6008 東京都渋谷区恵比寿4-20-3 恵比寿ｶﾞｰﾃﾞﾝﾌﾟﾚｲｽﾀﾜｰ 8F
（株）アルファポリス　書籍感想係

メールフォームでのご意見・ご感想は右のＱＲコードから、
あるいは以下のワードで検索をかけてください。

アルファポリス　書籍の感想　検索

ご感想はこちらから

エタニティ文庫

箱入《はこい》りＤｒ《ドクター》．の溺愛《できあい》は永遠《えいえん》みたいです！

神城《かみしろ》 葵《あおい》

2023年9月15日初版発行

文庫編集－熊澤菜々子
編集長－倉持真理
発行者－梶本雄介
発行所－株式会社アルファポリス
〒150-6008 東京都渋谷区恵比寿4-20-3 恵比寿ｶﾞｰﾃﾞﾝﾌﾟﾚｲｽﾀﾜｰ8F
TEL 03-6277-1601（営業） 03-6277-1602（編集）
URL https://www.alphapolis.co.jp/
発売元－株式会社星雲社（共同出版社・流通責任出版社）
〒112-0005 東京都文京区水道1-3-30
TEL 03-3868-3275
装丁イラスト－夜咲こん
装丁デザイン－ansyyqdesign
印刷－中央精版印刷株式会社

価格はカバーに表示されてあります。

落丁乱丁の場合はアルファポリスまでご連絡ください。

送料は小社負担でお取り替えします。


ISBN978-4-434-32608-0 C0193